· 中国现代经典新诗集汇校本丛书 ·

赶车传

田间 著

王彪 卢妍如 汇校

金宏宇 易彬 主编

长江出版传媒 长江文艺出版社

图书在版编目（CIP）数据

赶车传 / 田间著 ；王彪，卢妍如汇校. -- 武汉 ：
长江文艺出版社，2024. 12. --（中国现代经典新诗集汇
校本丛书 / 金宏宇，易彬主编）. -- ISBN 978-7-5702
-3795-1

Ⅰ. I226.3

中国国家版本馆 CIP 数据核字第 2024HV4679 号

赶车传

GAN CHE ZHUAN

责任编辑：王乃竹   责任校对：程华清
封面设计：胡冰倩   责任印制：邱 莉 丁 涛

出版：长江出版传媒 长江文艺出版社
地址：武汉市雄楚大街 268 号   邮编：430070
发行：长江文艺出版社
http://www.cjlap.com
印刷：中印南方印刷有限公司

开本：640 毫米×960 毫米   1/16   印张：20.25
版次：2024 年 12 月第 1 版   2024 年 12 月第 1 次印刷
行数：6699 行

定价：18.00 元

汇校说明

　　《赶车传》是田间作于 1945 年，1946 年初刊于《长城（文艺月刊）》的一首反映抗日时期晋察冀边区贫民革命斗争的长篇叙事诗。该诗是自 1942 年毛泽东《在延安文艺座谈会上的讲话》以来涌现出的重要诗歌作品之一，修改后于 1949 年作为"中国人民文艺丛书"之一由新华书店出版。新中国成立后，田间又对长诗修改、扩充，分别由人民文学出版社、作家出版社刊行。本汇校本希望能对《赶车传》的版本演变及现当代新诗研究有所帮助。

　　一、《赶车传》的版本众多，按出版时间排序，主要有以下几个版本：

　　（1）《长城》本，即初刊本。该诗刊载于 1946 年 8 月 20 日《长城（文艺月刊）》第一卷第二期。初刊时该诗题为《赶车》（又名《减租记》），全文繁体竖排。该诗共十九章：《逼婚》《告状》《赶车》《进门》《吃酒》《看戏》《跳墙》《闹倒》《叮嘴》《摔镜》《烧房》《歇店》《过岭》《跪香》《回家》《换心会》《呱哒》《请客》《摆理》。主人公名为"董长海"。

　　（2）新华本，即初版本。该书作为"中国人民文艺丛书"之一，1949 年 5 月由新华书店刊行。发行者为新华书店，编辑者为中国人民文艺丛书社，全文繁体竖排。该书前有《〈中国人民文艺丛书〉编辑例言》，诗前有《序》，正文共十五回：《逼婚》《告状》《赶车》《骂猪》《烧楼》《顶嘴》《摔镜》《跪香》《歇店》《过岭》《呱哒》《换心会》《请客》《摆理》《蓝妮誓言》。该版本在"《长城》本"基础上，章节结构、故事情节与文字符号都有改动，诗的主人公更换为"石不烂"。新华本一版一次印行后，上海、天津、武汉、山东等各地新华书店分店也在 1950 年前后纷纷翻印刊行。

（3）人文本。该书于 1954 年 1 月由人民文学出版社刊行。此版本是在新华本基础上的重排本，繁体横排，发行者为新华书店。该书字数 48000 字，北京一版一次印刷 12000 册，定价 3500 元。诗作最后标记有"1953 年 9 月第二次修改于北京"。改版本相较新华本章节无变动，情节与具体的文字符号有所修改。1958 年 12 月，人民文学出版社曾据人文本初版重排过一个精装本，该版本前有人民文学出版社编辑部写的《出版说明》。

（4）作家本。该版本的《赶车传》分上下两卷，分别于 1959 年 9 月、1961 年 6 月由作家出版社刊行。该版本中诗人为实现"记录我们时代的变化、社会的变革和党的伟大力量"（《上卷后记》），在人文本基础上扩充为七部、两万余行的系列长篇诗作。人文本《赶车传》是七部中的第一部，收录在作家本《赶车传》的上卷。这里我们即是以作家本上卷第一部的《赶车传》作汇校。该版本虽未标明修订，但实际上为照顾《赶车传》系列后续几部的故事情节及艺术形式而做了大量修改。作家本上卷由作家出版社出版，北京新华书店印刷厂印刷，新华书店经售。

该版本由古元作封面、插图设计，一版一次精印 20000 册，插页 19 页，定价 1.8 元。繁体横排，诗前有序，卷后有《上卷后记》。该诗正文共十五章：《逼婚》《告状》《赶车》《苦海》《火光》《找党》《苦树》《问答》《歇店》《过岭》《呱哒》《换心会》《请客》《摆理》《蓝妮誓言》。

二、本汇校本以新华本（一版一次）为底本，以人文本（一版一次）、作家本（一版一次）作汇校。《长城》本因故事情节、人物等与后三版本均存在较大差异，难以直接校对，收于附录中作参考。汇校体例如下：

（1）汇校选用作者生前刊行的版本，录入除繁体竖排转换为简体横排之外，其余一一照旧。

（2）本书以脚注形式进行汇校。

（3）因几版标点符号变动较多，本书脚注以"行"为主进行汇校。凡文本中有字、词、句、段落及标点符号有改动者，均将改动之处摘出校录。对行、段改动较大者则整体摘出校录。

（4）诸版本中有脱字、漏字及模糊不清者，均以□代之。

汇校版本书影

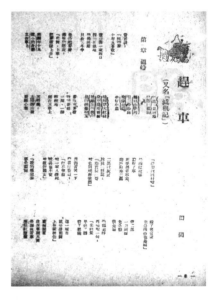

1946 年 8 月 20 日初刊本（题名《赶车》〔又名《减租记》〕）
《长城（文艺月刊）》第一卷第二期

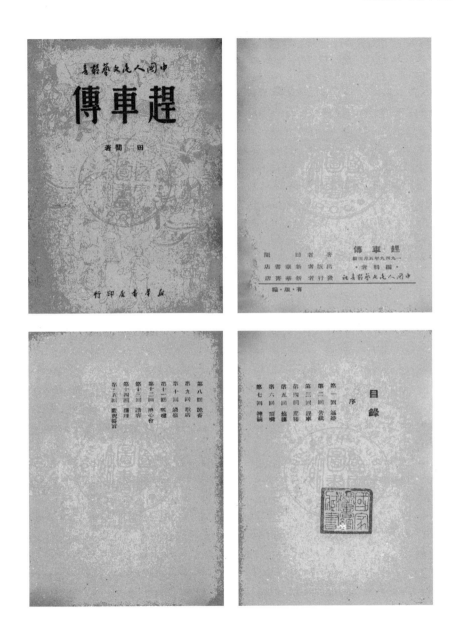

1949 年 5 月初版本（被列为"中国人民文艺丛书"之一）
新华书店出版

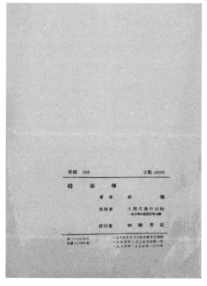

1954 年 1 月人文本

人民文学出版社出版

1959 年 9 月作家本《赶车传》(上卷)

作家出版社出版

目　录

赶车传

附录

《长城》初刊本

赶车（又名《减租记》）

第十九章　摆理 / 269

后记

赶车传

序

贫农石不烂，

故事一大串，

有人告田间，

编了赶车传。

赶车传上说，　①

翻身有两宝；

两宝叫什么？

名叫智和勇。

智勇两分开，

翻身翻进沟；

智勇两相合，

好比树上鸟，

两翅一拍开，

山水都能过。

---

① 人文本、作家本以上二行作：
编了《赶车传》。
《赶车传》上说，

第一回① 逼婚

赶车传开头说：②

天下受苦人是一家，③

命相同、路相同，④

要赶一挂车，⑤

走翻身的大路！

不听古人说的好⑥

老财在车上⑦

又胖又白

借钱一百

一文不少

---

① 作家本"第一回"作"一"。

② 人文本此行改作二行且独立成节：

《赶车传》开头说：

"兄弟和朋友，请看我的书。"

作家本此行在人文本上改作：

《赶车传》开头说：

兄弟和朋友，请看这苦书。

③ 人文本此行作"天下的受苦人"；作家本在人文本基础上行尾增"，"。

④ 人文本此行无"、"和"，"；作家本此行无"、"，"，"作"；"。

⑤ 人文本此处无"，"。

⑥ 人文本、作家本此行作"不听古人说过——"。

⑦ 作家本此处有"，"。

说明天还

好说好说 ①

老财和老财 ②

搭的一座桥 ③

穷人在车上

又黑又瘦

借钱五十

分文难说 ④

---

① 人文本以上五行作：

长的又胖又白

说要借钱一百

一文钱也不少

说是明天还吧

也是好说好说

作家本以上五行作：

长的又胖又白；

说要借钱一百，

一文钱也不少；

说是明天还吧，

也是好说好说；

② 作家本此处有"，"。

③ 人文本此处有"；"；作家本此处作"。"。

④ 人文本以上四行作：

穷人在车上

长的又黑又瘦

说要借钱五十

半分钱也难说

作家本以上四行作：

穷人在车上，

长的又黑又瘦；

说要借钱五十，

半分钱也难说；

老财和穷人 ①

隔的一座桥 ②

穷一样、富一样 ③

走的是两条路。

要问这两条路，

请问石不烂 ④。

民国二十五年， ⑤

歪年景不是货 ⑥

老天爷帮地主 ⑦

拖人 ⑧ 上死路。

谁知种下地 ⑨

反插上穷根？

谁知人要吃谷，

也吃不上口？

---

① 作家本此处有"，"。

② 人文本、作家本此处有"。"。

③ 人文本、作家本此行无句中"、"，句尾有"，"。

④ 作家本此处有"吧"。

⑤ 人文本此处无"，"。

⑥ 作家本以上二行作：

解放前的某一年，

年景很是嘎咕；

⑦ 作家本此行作"老天也帮地主，"。

⑧ 作家本"拖人"作"把人拖"。

⑨ 作家本此处有"，"。

这一年秋收 ①

石不烂地里坐 ②

地里坐

两手空

身边一挂空车

空车拴的老牛 ③

身上是破衣裳 ④

衣裳遮不住羞 ⑤

他拾起小石头

打着镰刀喊： ⑥

"石不烂给谁受？

给谁受？

给谁受？

忙打忙收拾 ⑦

---

① 作家本此行作"这一年秋收时，"。
② 作家本此处有"；"。
③ 作家本以上四行作：
地里坐，
两手空，
身边一挂空车，
空车拴着老牛。
④ 作家本此处有"，"。
⑤ 作家本此处有"。"。
⑥ 作家本以上二行增作四行：
他拾起小石头，
打得镰刀冒火，
他对着那石头，
唱起一支苦歌：
⑦ 作家本此处有"，"。

全交了租子 ①

还是不够数 ②

租种地、哪租的起 ③

猪老财、狗老财 ④

活剥佃户肉 ⑤

租子沉的像把锁 ⑥

咱在地里受

他在家里算

地里受的苦

赶不上他家里算

算的算的呵

发财又发福

受的受的呵 ⑦

---

① 人文本"交"作"缴";作家本在人文本基础上行尾增","。
② 作家本此处有"。"。
③ 人文本此行作"租种地租不起";作家本在人文本基础上行尾增","。
④ 人文本此行中"、"作",";作家本在人文本基础上行尾增","。
⑤ 作家本此处有","。
⑥ 作家本此行作"租子沉的象把锁。"。
⑦ 作家本以上七行作:
咱在地里受,
他在家里算;
地里受的苦,
赶不上他家里算。
算的算的呵,
发财又发福;
受的受的呵,

还要贴^①人头！"

他有个闺女

小名叫蓝妮^②

蓝妮接的喊^③

喊的老天爷：

"老天爷你年纪大^④

耳又聋、^⑤眼又黑^⑥

你看不见苦

也听不见苦^⑦

吃斋念佛的人^⑧

肚子天天饿^⑨

杀人放火的家伙^⑩

---

① 人文本、作家本"贴"作"卖"。

② 作家本以上二行作：

他有一个闺女，

小名叫做蓝妮。

③ 人文本"接的喊"作"也在喊"；作家本"接的喊"作"也在喊呀，"。

④ 人文本此行作"老天爷该死啦"；作家本在人文本基础上行尾增","。

⑤ 人文本此处无"、"。

⑥ 作家本此行作"耳又聋眼又瞎；"。

⑦ 作家本以上二行作：

你看不见穷苦，

也听不见穷苦；

⑧ 作家本此处有","。

⑨ 作家本此处有"；"。

⑩ 人文本此行作"杀人的强盗"；作家本在人文本基础上行尾增","。

享福享不完①

老天爷你不会坐天②

你塌了、③塌了呵！"

蓝妮年十九④

巧人巧身段⑤

脸就像葡萄

红不红、黑不黑

两眼活似珍珠

溜圆圆、圆溜溜⑥

她脚穿大红鞋⑦

身穿浅蓝褂裤⑧

她虽生在穷户⑨

---

① 作家本此处有"。"。

② 人文本"你不会坐天"作"哪有天"；作家本在人文本基础上行尾增","。

③ 人文本、作家本"、"作","。

④ 作家本"年十九"作"今年十六,"。

⑤ 作家本此处有","。

⑥ 人文本此以上四行作：

脸儿像葡萄

红不红黑不黑

两眼活似珍珠

溜溜圆圆溜溜

作家本以上四行作：

脸形好象葡萄,

脸色半红半黑；

两眼活似珍珠,

溜溜圆圆溜溜；

⑦ 作家本此行作"脚穿一双红鞋,"。

⑧ 作家本此处有"；"。

⑨ 作家本此处有","。

长的倒是块红玉 ①

提起她的心眼

她很懂甘苦

提起她受苦 ②

她是爹的手

家里大小事

她知道一半

地里大小活

她能做一半

人叫她一朵花

也叫的没有错

只是她这花

和她爹一般

不是水心眼

她是铁骨头

不是河里开

她是山上出。③

---

① 人文本此行作"倒是一块碧玉";作家本在人文本基础上行尾增","。
② 人文本"她受苦"作"她的劳动";作家本在人文本基础上行尾增","。
③ 作家本以上十六行作:

提起她的心眼，　　　　　人叫她一朵花，
她很懂得甘苦；　　　　　也叫的没有错。
提起她的劳动，　　　　　只是她这花呀，
她是爹的帮手；　　　　　和她爹一般；
家里那大小事，　　　　　不是水作心眼，
她也知道一半；　　　　　她是铁作骨头；
地里那大小活，　　　　　不是河里开的，
她也能做一半。　　　　　她是山上长出。

石不烂问他^① 闺女：

"爹给你寻个伴？"

蓝妮也问爹^②：

"寻的伴^③ 是哪个？"

石不烂又问^④：

"你要寻什么伴？"

蓝妮笑出口：

"荣华富贵我不喜欢，^⑤

我要寻个好小伙，^⑥

不怕他身上破，^⑦

只要他人靠实。"

石不烂心上有数，^⑧

又问了一句：

"要是朱大户，^⑨

抢了你去^⑩ ？"

蓝妮干脆答：

---

① 人文本、作家本无"他"。
② 作家本"爹"作"她爹"。
③ 作家本"伴"作"这伴"。
④ 作家本"问"作"问道"。
⑤ 人文本此行作"'我不贪图钱财"；作家本在人文本基础上行尾增"，"。
⑥ 人文本此处无"，"。
⑦ 人文本此处无"，"。
⑧ 人文本此处无"，"。
⑨ 人文本"朱大户，"作"朱家大户"；作家本"朱大户，"作"朱家大户，"。
⑩ 人文本、作家本"抢了你去"作"把你抢了去"。

"朱桂棠那个猪^①

别想打我的算盘^②

好鞋不踏臭狗屎^③

好衣裳不兜烂肉^④

我活着要名气^⑤

我死睡在干净土。"

天傍晚^⑥

太阳挂山坡^⑦

蓝妮叫她爹:

"套车回村喽!"

石不烂套好车^⑧

长叹^⑨一口气:

"整受一年苦^⑩

落的干草一束^⑪

这就叫狗吃人^⑫

---

① 作家本此处有","。
② 作家本此处有";"。
③ 作家本此处有","。
④ 作家本此处有","。
⑤ 作家本此处有","。
⑥ 人文本此行作"这一天天傍晚";作家本在人文本基础上行尾增","。
⑦ 作家本此处有","。
⑧ 作家本此处有","。
⑨ 作家本"长叹"作"长叹了"。
⑩ 作家本此处有","。
⑪ 人文本"落的"作"落得";作家本在人文本基础上行尾增";"。
⑫ 作家本此行作"这叫狗也吃人,"。

人呀，① 人不如狗！"

二人话说完，②

来了朱二黑。③

朱二黑是④什么人？

什么人？

哑叫驴。⑤

什么人？

贱骨头。⑥

捧臭脚

跑贱腿

不走好路途

不吃好粮食

两耳当作手

两眼当作口⑦

他把车拦住⑧

---

① 人文本、作家本"人呀，"作"人呵"。

② 人文本此处无","。

③ 人文本此处无"。"；作家本以上二行自成一节。

④ 人文本、作家本无"是"。

⑤ 人文本、作家本以上二行删除。

⑥ 人文本、作家本此二行合为一行；人文本行尾无"。"。

⑦ 人文本、作家本以上六行删除。

⑧ 作家本此处有","。

人^① 站在车前头^②

一手拿的喜帖

一手提的酒壶^③

有嘴也不露话^④

专拿眼睛打人^⑤

两颗白眼珠^⑥

翻来又翻去^⑦

翻了大半天^⑧

装了一个蒜^⑨ 说：

"恭贺石大哥^⑩

接到这喜帖^⑪

明天吃喜酒^⑫

---

① 人文本、作家本此处"人"删除。
② 作家本此处有"；"。
③ 人文本以上二行作：
一手拿着喜帖
一手提着酒壶
作家本以上二行作：
一手拿着喜帖，
一手提着酒壶，
④ 作家本此处有"，"。
⑤ 作家本此处有"，"。
⑥ 作家本此处有"，"。
⑦ 作家本此处有"；"。
⑧ 作家本此处有"，"。
⑨ 作家本此处有"，"。
⑩ 作家本此处有"，"。
⑪ 作家本此处有"。"。
⑫ 作家本此处有"，"。

别忘记我朱二黑？ ①"

石不烂眼珠一红 ②

撕碎那逼婚书：

"打不够租 ③

咱一家人请死 ④

说啥也不卖 ⑤

咱这个闺女 ⑥

朱桂棠要抢人 ⑦

叫他抢 ⑧

活的抢不去 ⑨

除非抢尸首！"

朱二黑笑笑 ⑩：

"说的 ⑪ 哪儿去 ⑫

要是蓝妮 ⑬

---

① 人文本、作家本"忘记"作"忘了"，"？"作"！"。
② 人文本"眼珠一红"作"脸一沉"；作家本在人文本基础上行尾增","。
③ 人文本"租"作"租子"；作家本行尾有","。
④ 作家本行尾有"；"。
⑤ 作家本行尾有","。
⑥ 人文本此行作"咱的好闺女"；作家本在人文本基础上行尾增"；"。
⑦ 作家本行尾有","。
⑧ 人文本此行作"叫他来抢吧"；作家本在人文本基础上行尾增","。
⑨ 作家本行尾有","。
⑩ 人文本、作家本"笑笑"作"笑了笑"。
⑪ 人文本、作家本"说的"作"说到"。
⑫ 作家本此处有","。
⑬ 人文本"蓝妮"作"好蓝妮"；作家本在人文本基础上行尾增","。

嫁了老东家①

也②是缘份也是福。"

常说③"狗咬穷人，

舌头也是多④。"

二黑狗东西⑤

一刀两个面⑥

先是红脸

后又是白脸

先是假劝

后又是真逼⑦

赶他临走时⑧

又嘱咐一句：

"朱桂棠

---

① 作家本行尾有"，"。

② 人文本、作家本无"也"。

③ 人文本、作家本"常说"作"常言说"。

④ 作家本"也是多"作"也有很多"。

⑤ 作家本此处有"，"。

⑥ 作家本此处有"；"。

⑦ 人文本以上四行作：

来时是笑脸

走时是鬼脸

作家本以上四行作：

来时是笑脸，

走时是鬼脸；

⑧ 作家本此处有"，"。

早烧了酒

早杀了猪①

这一两日②

就要接蓝妮③

上他家里住。"

蓝妮一听这话，④

伏在车上大哭⑤

石不烂⑥

赶着车⑦

哪像⑧是在赶车？

赶的是大难大仇！

_____

① 人文本以上三行作：
"老东家
早就烧了酒
早就杀了猪
作家本以上三行增改作六行：
"咱的老东家，
早就烧了酒；
咱的老东家，
早就杀了猪；
喜字也写好了，
还栽了丁香树；
② 作家本此行删除。
③ 作家本此处有"，"。
④ 人文本此处无"，"。
⑤ 人文本、作家本此处有"。"。
⑥ 作家本此处有"，"。
⑦ 作家本此处有"，"。
⑧ 作家本"像"作"象"。

哪像^①是在赶车？

赶的是一条命！

哪像^②是在赶车？

赶的是一堆火！

① 作家本"像"作"象"。
② 作家本"像"作"象"。

第二回 ①　告状

②石不烂第二日

就往盂县城走 ③

他一双手 ④

---

① 作家本"第二回"作"二"。

② 作家本此行前增有：

长城外是苦地，

石不烂是苦人。

村里虽有果园，

长的全是苦树；

苦树开着苦花，

苦花又结苦果。

蒋管区的地方，

哪有天呀？

哪有日头？

哪有人的活路？

③ 人文本以上二行自成一节并修改作：

第二天石不烂

往盂县城里走。

作家本以上二行增改作六行：

第二天石不烂

忙着往城里走；

县城是石头城，

村子是石头村，

相隔倒不很远，

有二三十里路。

④ 人文本"手"作"手上"；作家本在人文本基础上行尾增"，"。

高捧的冤状 ①

嘴上喊"大难大仇" ②

要见老爷去 ③

他哪知 ④

吃人的王法

是老爷和地主订？ ⑤

他哪知 ⑥

有钱的饭碗

是老爷和地主伙？ ⑦

他哪知

---

① 人文本、作家本"的"作"着"；作家本此处有"。"。
② 作家本此处有"，"。
③ 作家本此处有"。"。
④ 人文本此行增改作二行：
石不烂，石不烂
他难道不知道
作家本作：
石不烂，石不烂，
他难道不知道，
⑤ 人文本、作家本以上二行作：
吃人的王法是
老爷和地主订？
⑥ 人文本此行增改作二行：
石不烂，石不烂
他难道不明白
作家本作：
石不烂，石不烂，
他难道不明白，
⑦ 人文本、作家本以上二行作：
有钱的饭碗是
老爷和地主伙？

进一进衙门

还得磕人下头？

石不烂作了揖

磕了三十个头

衙门才挂牌

放他走进去①

他一入铁门口

两腿跪下哀求：

"老爷大老爷

开开恩

老爷大老爷

快救人

朱桂棠仗势欺人

一两日要抢亲！"②

老爷一觉刚醒③

坐到椅上④

打着呵欠问：

---

① 人文本、作家本以上七行删除。
② 人文本以上八行删改作：
他一进铁门口
心上烧的像火
作家本以上八行删改作：
他一进铁门口，
心上烧的象火。
③ 作家本此处有"，"。
④ 人文本"椅子"作"椅子上"；作家本此行作"坐在那椅子上，"。

"你交① 了租么？"

石不烂作揖② 答：

"今年歉收③

本想卖车卖牛④

也把租子打够⑤

可是东家不要租⑥

偏要咱交⑦ 闺女。"

老爷⑧ 问：

"你家中⑨

还有什么？"

石不烂答⑩：

"有四口人⑪

有一辆车⑫

———————

① 人文本、作家本"交"作"缴"。
② 人文本、作家本"作揖"作"大声"。
③ 人文本、作家本"今年"作"今年是"；作家本行尾有","。
④ 人文本、作家本此行前增一行"哪儿能缴租？"；作家本此处有","。
⑤ 作家本此处有","。
⑥ 人文本"不要租"作"不要"；作家本在人文本基础上行尾增","。
⑦ 人文本、作家本"交"作"的"。
⑧ 人文本、作家本"老爷"作"县长老爷"。
⑨ 作家本此行作"'你的家中,"。
⑩ 作家本"答"作"回答"。
⑪ 作家本此处有","。
⑫ 作家本此处有","。

有一头牛。"

老爷 ① 问：
"哪四口人？"

石不烂答 ② ：
"一爹一娘，③
我和闺女。"

老爷 ④ 又问：
"闺女叫甚，⑤
长的美丑？"

石不烂又答 ⑥ ：
"她小名叫蓝妮 ⑦
今年十九 ⑧
不瞒老爷说 ⑨

---

① 人文本、作家本"老爷"作"县长老爷"。
② 作家本"答"作"又回答"。
③ 人文本此处无"，"。
④ 作家本"老爷"作"这位老爷"。
⑤ 人文本此处无"，"。
⑥ 作家本"答"作"回答"。
⑦ 作家本此处有"，"。
⑧ 人文本"十九"作"才十九"；作家本"十九"作"才十六；"。
⑨ 作家本此处有"，"。

长的不算丑^①。"

老爷哈哈大笑^②

压住石不烂说：

"算了算了^③

闭起你的口。"

又说："过一两日^④

我就去五里村^⑤

去^⑥吃朱桂棠

这一杯好喜酒

酒席上

再看看^⑦

你石不烂闺女。"^⑧

官人话一说完^⑨

咚咚的退堂^⑩

---

① 作家本"不算丑"作"还清秀"。

② 作家本此处有","。

③ 人文本此行作"'算了吧算了"；作家本在人文本基础上行尾增","。

④ 作家本此处有","。

⑤ 人文本"就去"作"要去"；作家本"就去五里村"作"要到石堡去,"。

⑥ 作家本"去"作"要去"。

⑦ 人文本、作家本以上二行合为一行；作家本行尾有","。

⑧ 作家本此行作"石不烂的闺女。'"。

⑨ 人文本"官人"作"老爷"；作家本在人文本基础上行尾增","。

⑩ 人文本此行作"咚咚地退了堂"；作家本此行作"夹着尾巴就走。"。

石不烂抬头一望①

哪儿见②老爷？

见的是刀枪③！

哪儿见官堂④？

见的⑤是杀人场！

要哭又不想哭⑥

恨的⑦大喊道：

"清官？清官？清官？⑧

你真是救了我？"

两边站的差役，⑨

一脚把他赶出。

差役也说：

---

① 人文本此行增改作二行：
石不烂抬头一望
眼前一片杀气
作家本此行增改作二行：
石不烂抬头一望，
眼前一片黑暗，
② 作家本"见"作"还见"。
③ 作家本"枪"作"是枪"。
④ 作家本"见官堂"作"还有法堂"。
⑤ 作家本"见的"作"这里"。
⑥ 人文本此行作"他哭也哭不得"；作家本在人文本基础上行尾增"，"。
⑦ 人文本、作家本"恨的"作"手一挥"。
⑧ 人文本此行作"'好一个清官呵"；作家本在人文本基础上行尾增"，"。
⑨ 人文本此处无"，"。

"衙门是钱袋，①

无钱莫进来！"

---

① 人文本以上二行作：
差役们也说：
"衙门是钱袋
作家本以上二行与上节合为一节并修改作：
差役拿着大枪，
脸上笑一笑说：
"衙门是钱袋，

第三回 ① 　赶车

常 ② 说："人到屋檐下，

哪敢不低头？" ③

石不烂门口 ④

一家四口人 ⑤

左左右右 ⑥

围的 ⑦ 一挂车哭 ⑧

人也

不愿走 ⑨

车也

---

① 作家本"第三回"作"三"。

② 人文本"常"作"常言"。

③ 作家本以上二行作：

人呀没有路走，

石头也把泪流。

④ 作家本此处有"，"。

⑤ 作家本此处有"，"。

⑥ 作家本此处有"，"。

⑦ 人文本、作家本"围的"作"围着"。

⑧ 作家本此处有"，"。

⑨ 人文本、作家本以上二行合为一行；作家本行尾有"，"。

不愿走①

石不烂就说②：

"蓝妮你上车③

先到朱家去④

我卖了人⑤

我卖不了心⑥

我卖了闺女⑦

我卖不了冤仇⑧

蓝妮、蓝妮呵⑨

你可知道不⑩

能叫人砸锅⑪

不能叫人砸窝⑫

你虽到虎口⑬

---

① 人文本、作家本以上二行合为一行；作家本行尾有"。"。
② 作家本此行作二行：
石不烂赶着车，
拉着闺女说：
③ 作家本此处有"，"。
④ 作家本此处有"；"。
⑤ 人文本"人"作"人呵"；作家本在人文本基础上行尾增"，"。
⑥ 作家本此处有"；"。
⑦ 作家本此处有"，"。
⑧ 作家本此处有"；"。
⑨ 人文本、作家本"、"作"，"；作家本行尾有"，"。
⑩ 作家本此行作"死到朱家吧；"。
⑪ 人文本、作家本"锅"作"碗"；作家本行尾有"，"。
⑫ 人文本此行作"不叫人砸锅"；作家本在人文本基础上行尾增"；"。
⑬ 作家本此处有"，"。

救下人三个①

蓝妮、蓝妮呵②

爹也知道③

你到朱家去④

就算人死了⑤

就算死了人⑥

你在墓里做活鬼⑦

爹在坟墓外边⑧

给你烧香磕头。"

蓝妮心，一块玉⑨

从高山，滚下地⑩

---

① 作家本此处有"；"。

② 人文本、作家本"、"作"，"；作家本行尾有"，"。

③ 人文本、作家本"也"作"心里"；作家本行尾有"，"。

④ 作家本此处有"，"。

⑤ 作家本此处有"，"。

⑥ 作家本此处有"；"。

⑦ 作家本此行增改作：

你在那里死吧，

那是你的坟墓；

那是你的命，

那是你的路，

你就在那里，

埋下你的骨头。

⑧ 作家本"坟墓外边"作"坟土外边，"。

⑨ 人文本此行作"蓝妮心一块玉"；作家本在人文本基础上行尾增"，"。

⑩ 人文本、作家本以上二行自成一节且句中无"，"，句尾有"。"。

心碎了，①

人虽能上车②

心爬不上去。

石不烂又说：

"蓝妮你别哭③

世道哭不服④

嘴巴里没风⑤

嘴吹不响⑥

灯里没有油⑦

灯点不亮⑧

河里没有水⑨

也开不了船⑩

树上没有花

也结不了果⑪

---

① 人文本、作家本此行删除。

② 作家本此处有"，"。

③ 作家本此处有"，"。

④ 作家本此处有"；"。

⑤ 作家本此处有"，"。

⑥ 人文本、作家本"吹"作"也吹"；作家本行尾有"；"。

⑦ 作家本行尾有"，"。

⑧ 人文本、作家本"点"作"也点"；作家本行尾有"；"。

⑨ 作家本此处有"，"。

⑩ 作家本此处有"；"。

⑪ 作家本以上二行作：

树上是苦花，

结的是苦果；

这一颗苦瓜 ①

囫囵地咽呵 ②

要是人不死 ③

过两日再吐 ④

你别哭，你别哭 ⑤

留点 ⑥ 眼泪好报仇！" ⑦

哪知、哪知， ⑧

穷人的车 ⑨

装的泪

载的仇 ⑩

好比盖的大雾 ⑪

又淋的暴雨 ⑫

---

① 作家本此处有"，"。
② 作家本此处有"；"。
③ 作家本此处有"，"。
④ 作家本此处有"。"。
⑤ 作家本此处有"，"。
⑥ 人文本、作家本"点"作"下"。
⑦ 人文本、作家本此行下空一行。
⑧ 人文本此行增改作：
在崎岖的路上
石不烂赶着车
作家本此行增改作：
在崎岖的路上，
石不烂赶着车。
⑨ 人文本、作家本"车"作"车呵"；作家本行尾有"，"。
⑩ 人文本、作家本以上二行合为一行；作家本行尾有"；"。
⑪ 作家本此处有"，"。
⑫ 作家本此处有"。"。

蓝妮虽上车^①

人也是哭

车也是哭^②

哭声之中^③

人和车^④

滚来滚去^⑤

真是好难走^⑥

难走、好难走^⑦

难走、好难走^⑧

走也是愁^⑨

不走也是愁^⑩

真是冤仇一日结^⑪

千年难割断！

---

① 作家本"虽上车"作"上了车,"。
② 人文本、作家本以上二行合为一行"人也哭车也哭";作家本行尾有","。
③ 人文本此行增改作:
在不平的路上
哭声四面传来
作家本此行增改作:
在不平的路上,
哭声四面传来;
④ 人文本此行作"车儿和蓝妮";作家本在人文本基础上行尾增","。
⑤ 人文本、作家本"滚去"作"又滚去";作家本行尾有"。"。
⑥ 人文本此行作"路呀,好难走";作家本在人文本基础上行尾增","。
⑦ 人文本、作家本"、"作",";作家本行尾有","。
⑧ 人文本、作家本此行删除。
⑨ 人文本、作家本"走"作"走呵";作家本行尾有","。
⑩ 作家本此处有";"。
⑪ 作家本此处有","。

"走呀不走？"

问天天不答。

"走呀不走？"

问地地不答。

"走呀不走？"

一望高山①

水往下流呵②

穷人有谁管？

石不烂③

赶的车④

口问心⑤

心问口：

"朱桂堂你个猪⑥

骑在人头上⑦

---

① 人文本、作家本"高山"作"那高山"；作家本行尾有"，"。

② 作家本此处有"，"。

③ 作家本此处有"，"。

④ 人文本、作家本"的"作"着"；作家本行尾有"，"。

⑤ 作家本此处有"，"。

⑥ 作家本"你个猪"作"你是狼，"。

⑦ 作家本此处有"；"。

胡说三斗租①

霸占我闺女②

还要叫的我③

亲自送人去！

谁说我欠租④

剖开我的肚⑤

只有干草，⑥

哪有一颗粮？

只有干草，⑦

哪剩一颗租？

他心上⑧

千转湾，万转湾⑨

泪也从心窝⑩

湾的朝外边流⑪

他自己流的泪⑫

---

① 人文本、作家本"三斗租"作"欠你租"；作家本行尾有"，"。
② 作家本此处有"；"。
③ 人文本、作家本"叫的"作"逼着"；作家本行尾有"，"。
④ 作家本此处有"——"。
⑤ 作家本此处有"，"。
⑥ 人文本、作家本"干草"作"干草一束"；人文本行尾无"，"。
⑦ 作家本"干草"作"干草一束"；人文本句尾无"，"。
⑧ 人文本此行作"石不烂他心上"；作家本在人文本基础上行尾增"，"。
⑨ 人文本此行作"千转弯万转弯"；作家本在人文本基础上行尾增"，"。
⑩ 作家本此处有"，"。
⑪ 人文本、作家本"湾的"作"弯着"；作家本行尾有"。"。
⑫ 作家本此处有"，"。

自己又收住 ①

忽然一声响 ②

好比雷打车 ③

"轰、轰、轰" ④

蓝妮滚下土 ⑤

她这时大叫道:

"爹送我去 ⑥

你要常守我 ⑦

你不常守我 ⑧

你的心常看我 ⑨

你不常守我 ⑩

你的魂常望我 ⑪

我到朱家去 ⑫

不做朱家人 ⑬

---

① 人文本、作家本"自己"作"他自己";作家本行尾有"。"。
② 作家本此处有","。
③ 作家本此处有","。
④ 人文本此行作"轰,轰,轰";作家本在人文本基础上行尾增","。
⑤ 人文本、作家本"土"作"地";作家本行尾有","。
⑥ 作家本此行作"'爹呵你送我去,"。
⑦ 作家本此处有";"。
⑧ 作家本此处有","。
⑨ 作家本此处有";"。
⑩ 作家本此处有","。
⑪ 作家本"魂"作"眼";行尾有";"。
⑫ 作家本此处有","。
⑬ 作家本此处有";"。

我姓石 ①

我叫石 ②

我就做石头！"

---

① 作家本此处有 "，"。
② 作家本此处有 "，"。

第四回　骂猪 ①

② 朱桂棠哪儿住？

五里村的猪 ③。 ④

他在村东住

蓝妮村西住

村东的猪

村西的玉

---

① 作家本此回名为《四　苦海》，与新华本情节基本相同，内容差异较大。

② 作家本此处前增二节二十二行：

苦海里的穷佃户，　　　你就是这苦树。

几时才有活路？　　　　石不烂是歌手，

　　　　　　　　　　　为你唱了多少歌；

苦海里这棵树，　　　　山歌手的苦歌，

几时才能发青？　　　　几时才能唱完？

苦海呀、苦海呀，　　　塞上的歌声，

我想要问问你——　　　你为什么不乐？

你要来把蓝妮　　　　　树上的诗句，

一口吞下去么？　　　　你为什么说苦？

苦树啊、苦树，　　　　叫我来唱吧，

你就是蓝妮么？　　　　听我来说呵！

蓝妮呵、蓝妮，

③ 人文本"的猪"作"里住"。

④ 作家本以上二行作：

石堡和石头村，

相隔有五里路。

一个村里

两个天日

村西的太阳

早上出 ①

村东的太阳

晚上出 ②

村东和村西

走的两条路 ③

可是猪作的梦： ④

要玉和他同住。

他住的是大楼

一楼二院 ⑤

好比那黑云

遮住半个天

楼前 ⑥ 有大院

楼后 ⑦ 有花园

园里有棵老树

开了窗能上树

---

① 人文本此行作"太阳早上出"。
② 人文本此行作"太阳晚上出"。
③ 人文本此处有"。"。
④ 人文本此处无"："。
⑤ 人文本"二院"作"又二院"。
⑥ 人文本"楼前"作"前面"。
⑦ 人文本"楼后"作"后面"。

上了树能下园

下了园好跳墙 ①

朱桂棠

委瓜相

三尺半长

有五在行

头一在行

杀佃农

二一在行

早起打算盘

三一在行

晚上地里转

调查他长工

受的苦如何？

四一在行

吃荤又吃素

三天一大荤

五天一大素

五一在行

---

① 人文本以上三行作：
长在窗户旁边
枝儿早已干枯
叶儿早已凋谢。

好摘花

好说鬼

好跳墙、好爬树

他有五在行

又有地做本

又有钱做胆

就成了个二知县 ①

这位猪大人

又叫猪摘花

年纪五十五

嘴上不留胡

身材长的短

生怕穿长袍: ②

---

① 人文本自"朱桂棠"至此二十四行删除；作家本自本节首行"他在村东住"到本行共四十八行并修改作：

石堡和石头村，	东边住着佃户，	石堡是封建窝；	一手把天遮住；
隔着一道山坡。	西边住着财主。	四面都是围墙，	这人是大恶霸，
石头村在东边，	东边住着小户，	它的围墙很高，	高利贷大债主；
石堡是在西边。	西边住着大户。	它有小碉两个，	这人是川大狼，
一座小山上，	东边石头多呀，	它有枪眼四处。	这人是山边虎；
是两个天日。	西边果树多。	堡子外面是——	王法在他手上，
东边的太阳，	东边是上房呀，	马场、林园、果树。	土地在他脚下；
太阳早晨出。	西边是高楼。	塞上这一片地，	他霸占了山头，
西边的太阳，	东边是石头村，	风砂吹不断呵；	他霸占了果树；
太阳晚上出。	西边就是石堡。	塞上这一片土，	他说的话呀，
东边和西边，		一层层的云雾。	句句都得算数。
走的是两条路。	石堡是座古堡，	朱桂堂他在这里，	

② 人文本此处无"："。

三百六十日 ①

穿的短衣裳

穿的短衣裳 ②

长袍也不放手

长袍子呢？ ③

老是手膀上 ④ 挎住

活活像个猪 ⑤

摆来又摆去 ⑥

九月初九 ⑦ 这一日

这猪要 ⑧ 接玉

这猪要 ⑨ 接玉

他另有打算

娶个小老婆

大闹不值得

---

① 人文本"日"作"天"。

② 人文本以上二行删改作一行"穿着短褂裤"。

③ 人文本此行删除。

④ 人文本"手膀上"作"手上"。

⑤ 人文本"像个猪"作"是牲口"。

⑥ 人文本此处有"。"；作家本以上一节十四行全部删除。

⑦ 人文本"九月初九"作"九月九"。

⑧ 人文本"这猪要"作"猪来要"。

⑨ 人文本"这猪要"作"猪来要"。

不挂红、^① 不挂绿

只是大开门

第一道门^②

是^③ 走车大门

旁有拴马石

中有隐蔽墙

大门上

铁钉如星

隐蔽墙

白灰灌浆

卧砖到顶^④

第二道门^⑤

是^⑥ 楼门

门头上雕的是

二龙戏珠

珠抹的红

---

① 人文本此处无"、"。
② 人文本此行作"朱家第一道门"。
③ 人文本"是"作"叫"。
④ 人文本以上七行删改作四行：
门上扎的铁钉
好比天上星星
两旁是拴马石
拴马石灰森森
⑤ 人文本"门"作"大门"。
⑥ 人文本"是"作"名字叫"。

龙涂的金①

二龙里

有花盆

牡丹、荷花

七红八绿②

玻璃窗

白晃晃

竹门帘

绿油油③

屋里的墙上

挂的④四幅画

一幅画⑤:

凤凰展翅飞

一幅画⑥:

荷花水上漂

---

① 人文本以上三行作:
二龙来抢珠
珠上抹的红
龙上涂的金
② 人文本以上四行作:
进了二道门
门里是天井
荷花和牡丹
也有三两盆
③ 人文本"油油"作"盈盈"。
④ 人文本"挂的"作"挂着"。
⑤ 人文本此处有"名叫"。
⑥ 人文本此处有"名叫"。

一幅画①：

梅花含雪笑

一幅画②：

俊鸟落树头③

屋檐上也有画

画的天官赐福④

天气快傍黑⑤

---

① 人文本此处有"名叫"。
② 人文本此处有"名叫"。
③ 人文本"树头"作"枝头"。
④ 人文本此处有"。"；作家本自"九月初九这一日"至"画的天官赐福"二节四十三行并修改作：

唱苦歌的人呵，	好比天上星星。	一幅画名叫：
知道哪里最苦？	两旁是拴马石，	"荷花水上漂"。
	拴马石灰森森。	一幅画名叫：
东山上有苦，	第二道大门，	"梅花含雪笑"。
西山上有苦；	名字叫做楼门；	一幅画名叫：
哪一条山上，	门头上雕的是	"俊鸟落枝头"。
比不上这里苦。	二龙来抢珠；	屋檐上还有画，
掉下来的血泪，	珠上抹的红，	画的天官赐福。
能把石山推走。	龙上涂的金。	这是两院一楼；
朱桂堂的住处，	二道门的里边，	好象那黑云呀，
朱桂堂的大门，	门里是天井；	盖着半个山坡；
好象一座坟坑。	荷花和牡丹，	前面有个大院，
蓝妮一朵花呀，	倒有那么几盆。	后面有个花园；
走向这座坟坑；	玻璃窗白晃晃，	园里有棵大树，
在她的前面，	竹门帘绿盈盈。	栽了好几十年；
是一对黑大门——	屋里的墙上，	树枝连着堡墙，
朱家第一道门	挂着四幅画——	叶子搭在窗边。
叫走车大门；	一幅画名叫：	光明被它挡住，
门上扎的铁钉，	"凤凰展翅飞"。	自由被它抢去。

⑤ 人文本此行作"石不烂赶着车"。

牛车赶到门口①

蓝妮哭下车②

哭的上了楼③

朱桂棠见人哭

面子上过不去

指桑骂槐

指鸡骂狗说：④

"石不烂、石不烂、⑤

你眼睛好瞎

好道你不走

偏要走歪路

租种地不打租

拿闺女欺侮我

叫人说闲话

---

① 作家本以上二行增改作：
蓝妮坐在车上，
车轮也打抖嗦。

前面那是刀山，
前面那是虎口，
石不烂赶着车，
牛车赶到门口。
② 作家本此处有"，"。
③ 作家本此处有"。"。
④ 人文本以上二行删改作一行"他指桑骂槐说："。
⑤ 人文本句中"、"作"，"，句尾无"、"。

闲话你能挡的住？"①

石不烂

火也大

嘴上骂蓝妮

心上骂那猪：②

"知道你配不过③

你偏作这个梦④

癞蛤蟆⑤

---

① 人文本此行作"你能挡得住？'"；作家本自"朱桂堂见人哭"至此行改作：

朱桂堂见人哭，

面子上不好受，

指桑骂槐地说：

"石不烂、石不烂，

你眼睛好瞎！

好道你不走，

你要走歪路，

租种地不打租，

拿闺女欺侮我。

叫人说了闲话，

你可能挡得住？"

② 人文本以上四行作：

石不烂的冤仇

刮成风烧成火

高楼和大屋

在他身边飞转：

作家本以上四行作：

石不烂的冤仇，

刮成风烧成火；

高楼和大屋，

在他身边飞转：

③ 作家本此行作"'什么梦你不作,"。

④ 作家本此处有"；"。

⑤ 人文本此行作"地上癞蛤蟆"；作家本此行作"地上这癞蛤蟆,"。

想吃天鹅肉①

害的老子没路走②

不请死就杀人③！"

楼上的蓝妮，

蓝妮也是骂：

"杀了我！杀了我!

你④也不叫我喜欢

别说你⑤有钱

有钱买不下心

哪怕钱堆成树

我也不攀树

哪怕钱堆成船

我也不坐船

我是姓石的人我不是吃钱的货⑥！"⑦

---

① 作家本"天鹅肉"作"那天鹅肉？"。

② 人文本"老子"作"我"；作家本在人文本基础上行尾增"，"。

③ 人文本、作家本"不请死就杀人"作"不杀你就杀我"。

④ 人文本"你"作"他"。

⑤ 人文本"你"作"他"。

⑥ 人文本"我不是吃钱的货"作"不是钱做的货"。

⑦ 作家本自"蓝妮也是骂"至节尾十行作：

蓝妮也在大骂：

"杀了我！杀了我!

他也不叫我喜欢。

别说他的钱多，

钱多买不下心；

哪怕钱堆成树，

我也不去攀树；

哪怕钱堆成船，

我也不去坐船。

我是姓石的人，

不走有钱的路！"

第五回　烧楼①

朱桂棠

脸一换②

马鞭子一抽③

咚咚走上楼：

"小毛丫头

小泼货

你来到铁门口

难道你想飞走！

你来到金銮殿

---

① 作家本此回名为《五　火光》。
② 人文本以上二行增改作：
朱桂棠脸一变
好像黑了天
作家本以上二行前增改作：
穷人没有刀剑，
武器就是火焰。

朱桂棠脸一变，
好象黑了天。
③ 作家本此处有"，"。

你敢不守规矩 ①

你笑我有钱

难道我刁人？

你笑我有钱

难道我做贼？ ②

哼！小毛虫

也想搬天

哼！小老鼠

也想拆楼 ③

---

① 作家本以上六行改作：
"你个小毛丫头，
你个小泼货，
你来到铁门口，
难道你想飞走？
你来到金銮殿，
你敢不守规矩？
② 作家本以上四行改作：
你笑我呀有钱，
难道我刁过人？
你笑我呀有钱，
难道我做过贼？
③ 人文本以上四行作：
哼哼小毛虫
你也想搬天
哼哼小老鼠
你也想拆楼
作家本以上四行作：
哼、哼、小毛虫，
你也要想搬天？
哼、哼、小老鼠，
你也要想拆楼？

我不见你头上①

小辫子扎的秀②

叫你下花园③

头倒④挂上树！"

他话未骂完⑤

蓝妮接上口：

"有犯法的罪⑥

没请死的罪⑦

你有铁大门⑧

关不住我的心⑨

你有金大楼⑩

压不住我的命⑪

我的心

是我的

我的命

---

① 作家本此处有"，"。

② 作家本此处有"，"。

③ 人文本、作家本"叫你"作"扔你"；作家本行尾有"，"。

④ 人文本、作家本"头倒"作"把头"。

⑤ 人文本、作家本"骂完"作"说完"；作家本行尾有"，"。

⑥ 作家本此处有"，"。

⑦ 作家本此处有"。"。

⑧ 人文本、作家本"铁大门"作"铁的门"；作家本行尾有"，"。

⑨ 作家本此处有"。"。

⑩ 人文本、作家本"金大楼"作"金的楼"；作家本行尾有"，"。

⑪ 作家本此处有"。"。

是我的①

我要死我不活②

难道这③ 也不由我？！"

常说："天上下暴雨，④

老天自己收住。"⑤

朱桂棠下了楼⑥

客房里摆起酒⑦

他和大老婆⑧

二人坐上席⑨

二黑下席站⑩

---

① 人文本以上四行作：
我的心属于我
我的命属于我
作家本以上四行作：
我的心属于我，
我的命属于我，
② 作家本此行作"我要走我的路，"。
③ 人文本、作家本无"这"。
④ 人文本此行作"常言说：'天上下暴雨"。
⑤ 作家本以上二行作：
天上下暴雨，
老天自己收住。
⑥ 作家本此处有"，"。
⑦ 作家本此处有"。"。
⑧ 作家本此处有"，"。
⑨ 作家本此处有"，"。
⑩ 作家本此处有"，"。

石不烂三席坐①

这桌酒是和酒②

朱桂棠叫老石③

劝闺女歇歇心④

享一享清福⑤

石不烂假点头

心上有个数：⑥

"小蓝妮成了人⑦

给爹赚下脸⑧

爹脸上的黑⑨

————————

① 作家本此处有"。"。
② 作家本此处有"，"。
③ 作家本此处有"，"。
④ 作家本此处有"，"。
⑤ 作家本此行作"自己来享享福。"，此行下增二行：
福吗？哪里来福？
少吃些苦就得。
⑥ 人文本以上二行作：
石不烂心不服
心上擂着鼓：
作家本以上二行增改作六行：
甜的话听不得，
毒的酒喝不得；
老石独自坐着，
好像一支红烛；
怒火正往上烧，
心上正把鼓敲：
⑦ 作家本"小蓝妮"作"蓝妮呵"，行尾有"，"。
⑧ 作家本此处有"。"。
⑨ 作家本此处有"，"。

她洗下一半①

还有一半哩②

我自己来洗。”

他肚里酒喝足

肚里火也装满

心上胆也长出

大胆往楼上走

正是半夜时候③

他一望：路好黑，

天好黑、地好黑

山好黑、水好黑

朱桂棠的心

---

① 作家本此处有"，"。
② 作家本此处有"，"。
③ 人文本以上五行删改作四行：
他这时酒喝足
心上胆也长出
这时是半夜
他往楼上走
作家本以上五行增改作十行：
蓝妮下的决心，
老石已经看出；
有了个新主意，
心上胆也长出；
只是进了石堡，
进了高门大屋，
想出去也难了，
容易进不易出。
这时是半夜，
他往楼上走。

好黑

朱桂棠的梦

好黑 ①

朱桂棠

你一不赶车

朱桂棠

你二不喂牛

你好吃好穿

哪里来的福？

你肥酒大肉

---

① 人文本以上七行改作六行：
他一望：路好黑
山好黑，水好黑
朱桂堂的心
好黑呵好黑
朱桂堂的梦
好黑呵好黑
作家本以上七行改作六行：
他一望：路好黑，
山好黑，水好黑，
朱桂堂的心，
好黑呵好黑。
朱桂堂的梦，
好黑呵好黑。

哪里来的禄？①

朱桂棠②

你指我向东③

我不敢往西④

哪来⑤的王法？

朱桂棠⑥

休夸你福自天来⑦

---

① 人文本以上八行改作：
朱桂堂你呵
你一不赶车
朱桂堂你呵
你二不喂牛
你好吃好穿
哪里来的福？
你肥酒大肉
哪里来的禄？
作家本以上八行改作：
朱桂堂你呵，
你一不赶车；
朱桂堂你呵，
你二不喂牛；
你呵好吃好穿，
哪里来的荣华？
你呵肥酒大肉
哪里来的福禄？
② 人文本此行作"朱桂棠你呵"；作家本在人文本基础上行尾增"，"。
③ 作家本"向东"作"向东来，"。
④ 作家本"往西"作"往西走；"。
⑤ 作家本"哪来"作"哪里来"。
⑥ 人文本此行作"朱桂棠你呵"；作家本在人文本基础上行尾增"，"。
⑦ 作家本此处有"；"。

^① 休笑我人穷智短^②

怕人难道怕到死^③

难道没有个够^④

石不烂告蓝妮：^⑤

"河有头、海有边^⑥

咱们没有路^⑦

山有顶、水有底^⑧

咱们没有脸^⑨

咱们要烧香^⑩

庙也嫌咱们臭^⑪

靠山呵、山倒^⑫

靠水呵、水流^⑬

咱们活着也是死^⑭

---

① 作家本此行前增一行"朱桂棠你呵，"。
② 人文本、作家本"智"作"志"；作家本行尾有"；"。
③ 作家本此处有"，"。
④ 人文本、作家本行尾有"？"；作家本此行下空一行。
⑤ 作家本此行增改作二行：
石不烂拼一死，
他来对蓝妮说：
⑥ 人文本此行作"'海有边，河有头"；作家本在人文本基础上行尾增"，"。
⑦ 作家本此处有"；"。
⑧ 人文本、作家本行中"、"作"，"；作家本行尾有"，"。
⑨ 作家本此处有"；"。
⑩ 作家本此处有"，"。
⑪ 作家本此处有"。"。
⑫ 人文本、作家本行中"、"作"，"；作家本行尾有"，"。
⑬ 人文本、作家本行中"、"作"，"；作家本行尾有"。"。
⑭ 人文本此行作"活着也是死"；作家本此行作"活着也是个死，"。

反正是死、① 死呵！"

蓝妮下了跪，

跪到爹脚边：②

"我死呵

你别死③

我犯罪呵

你别犯罪！"④

石不烂哪甘休⑤

他心上有人打他：⑥

"能活再活两日⑦

不能活晒尸首。"

他推蓝妮下了窗⑧

下窗上了树⑨

他也上了树⑩

---

① 人文本、作家本"、"作"，"。

② 作家本以上二行作：

蓝妮伏下身来，

伏在爹的身边：

③ 人文本以上二行合为一行"'我死呵你别死"；作家本在人文本基础上行尾增"，"。

④ 人文本、作家本以上二行合为一行"我犯罪你别呵！'"。

⑤ 作家本此处有"，"。

⑥ 人文本、作家本此行作"烈火烧上心头："。

⑦ 作家本此处有"，"。

⑧ 人文本此行作"他把蓝妮一推"；作家本此行作"他把蓝妮扶住，"。

⑨ 人文本此行作"蓝妮上了树"；作家本此行作"蓝妮上了大树；"。

⑩ 作家本此行作"他也攀到树上。"。

脚搭在窗上

点起一把草

掷进那窗口

这时候天和地一红

石不烂也一红①

但是那红光上②

朱桂棠心更黑③

楼上开了枪④

大喊："抓贼！抓贼！"⑤

古话说："墙有耳，⑥

---

① 人文本以上五行作：
脚搭在窗台上
就在这窗口
点起一把大火
霎时天地一红
石不烂也一红
作家本以上五行作：
点起一把大火。
火星投进窗口，
怒火穿过窗户。
天一红地一红，
石不烂也一红。
② 人文本此行作"在一片火光中"；作家本在人文本基础上行尾增"，"。
③ 人文本、作家本"心更黑"作"追上来"；作家本行尾有"，"。
④ 人文本此行作"从楼上开了枪"；作家本在人文本基础上行尾增"，"。
⑤ 人文本、作家本此行作"他大喊要抓贼！"。
⑥ 人文本此处无"，"。

伏寇在侧。"

朱桂棠心多

早就有主意

他撒的渔网

多回也不收

日日夜夜

专等的捉鱼

石不烂虽有胆

哪能做他对手？

石不烂冤气虽大

哪能冲破黑天？

石不烂要报仇

原来仇人也是火！

喝水不打井

过河不撑船

空手往墙上打

墙哪能一下推倒？

还不是像山上的野火

自生又自灭

还不是像暴雨下的花

随开又随落？ ①

那楼上枪一响

石不烂跳出园

朱二黑进园

捉他没捉住

只看见蓝妮

睡在墙下头。②

---

① 人文本自"朱桂堂心多"至此二十行作：

朱桂堂是个鬼　　　　　　　要把天冲破

早就有打算　　　　　　　　只有拿着命

拿着他的枪　　　　　　　　烧成了烈火

守着他的楼　　　　　　　　洒下他的血

石不烂是尖石　　　　　　　使它流成河。

作家本以上二十行作：

朱桂堂是个鬼，　　　　　　要把天冲破。

早就有打算；　　　　　　　拿着他的命，

拿着他的枪，　　　　　　　烧成这烈火，

守着他的楼。　　　　　　　洒下他的血，

石不烂是巨石，　　　　　　使它流成河。

② 人文本以上六行作：

楼上枪声一响

石不烂跳出园

朱二黑也追来

要捉他没捉住

蓝妮倒在树下

向着苍天高呼！

作家本以上六行作：

楼上枪声一响，

石不烂逃了出去。

朱二黑也追来，

要捉他没捉住。

蓝妮倒在树下，

向着苍天高呼！

第六回　顶嘴 ①

牛棚里、石不烂 ②

脱下 ③ 血衣裳。

老娘大喊道： ④

"别人不闹、光你闹

天有多高

地有多厚

你知不知道？" ⑤

老爹大喊道： ⑥

---

① 作家本此回名为《六　找党》。

② 人文本句中"、"作"，"；作家本句中无"、"，句尾有"，"。

③ 人文本、作家本"脱下"作"脱下了"。

④ 人文本、作家本此行作"村里有人说："。

⑤ 人文本、作家本此节与以下三节合为一节；人文本以上四行作：

"别人不闹你闹

天呀有多高

地呀有多厚

你知不知道？"

作家本以上四行作：

"别人不闹你闹，

天呀有多高，

地呀有多厚，

你知不知道？"

⑥ 人文本、作家本此行作"村里有人说："。

"猪咬小狼①

也知防后事②

你这冒失鬼③

甚也不知防。"

老娘又喊道：④

"穷一方、富一方⑤

隔的是冤海⑥

不用说架个桥⑦

连人情也不讲。"

老爹又喊道：⑧

"空结了渔网⑨

鱼没捞到⑩

虾没捞到⑪

捞了件血衣裳。"

---

① 人文本、作家本"咬"作"来咬"；作家本行尾有","。
② 人文本、作家本"也知"作"也要"；作家本行尾有","。
③ 作家本此处有","。
④ 人文本、作家本此行作"村里有人说："。
⑤ 人文本、作家本行中无"、"；作家本行尾有","。
⑥ 作家本此处有","。
⑦ 作家本此处有","。
⑧ 人文本、作家本此行作"村里有人说："。
⑨ 作家本此处有","。
⑩ 人文本、作家本"鱼"作"鱼也"；作家本行尾有","。
⑪ 人文本、作家本"虾"作"虾也"；作家本行尾有","。

石不烂大腿上 ①

挂的红血珠 ②

一听爹娘埋怨 ③

他更是气不服 ④

大牛眼、

方额头、

厚嘴唇、

小黑胡、

好比一棵大树

根根叶叶晃起来

口问心、心问口：⑤

---

① 作家本"大腿上"作"的身上，"。
② 作家本此行作"挂着红的血珠；"。
③ 人文本、作家本"爹娘"作"有人"；作家本行尾有"，"。
④ 作家本此行作"气呀长得更粗。"。
⑤ 人文本以上七行删改作四行：
大牛眼，方额头
厚嘴唇，小黑胡
好比一棵大树
根和叶摇起来：
作家本以上七行删改作六行：
大大的牛眼，
方方的头额，
豪爽的性格，
结实的身材，
好比一棵大树，
根和叶摇起来：

"死呢？活呢？ ①

死是冤枉 ②

活是挨刀挨枪 ③

死是照不见太阳 ④

活也挡不住风雨 ⑤

死也死不得 ⑥

活也活不得？ ⑦"

爹娘骂他好喝酒 ⑧

好招风、好唤雨 ⑨

村里人也笑他 ⑩

干打雷不下雨 ⑪

有的人说 ⑫：

"石不烂好比鼓 ⑬

咚咚响两下 ⑭

---

① 人文本、作家本此行下增一行"活呢？死呢？"。
② 人文本、作家本"冤枉"作"太冤枉"；作家本行尾有","。
③ 作家本此处有","。
④ 人文本此行作"死挡不住风雨"；作家本在人文本基础上行尾增","。
⑤ 人文本此行作"活照不见太阳"；作家本在人文本基础上行尾增","。
⑥ 作家本此处有","。
⑦ 人文本、作家本"活也活不得"作"活也活不成。"。
⑧ 人文本、作家本"爹娘"作"有人"；作家本行尾有","。
⑨ 人文本、作家本行中"、"作","；作家本行尾有"；"。
⑩ 人文本此行作"又有人笑话他"；作家本在人文本基础上行尾增","。
⑪ 作家本此处有"；"。
⑫ 人文本、作家本"说"作"这么说"。
⑬ 作家本此处有","。
⑭ 作家本此处有","。

过后就没音。"

有的人说：

"鸡也飞了

蛋也打了

两手扑空窝。"①

说好话的也有：

"石不烂是块铁②

倒在火炉里③

烧了还是铁。"

说好话的也有：

"他这人

一不做

二不休。"④

风言呵风语⑤

好比连阴雨打树⑥

树虽长的粗⑦

枝叶不多⑧

---

① 人文本、作家本以上四行删除。

② 作家本此处有"，"。

③ 作家本此处有"，"。

④ 人文本、作家本以上三行作二行：

"他这人硬骨头

一不做二不休。"

⑤ 作家本此处有"，"。

⑥ 人文本、作家本"连阴"删除；作家本行尾有"；"。

⑦ 作家本此处有"，"。

⑧ 人文本、作家本"不多"作"还不多"；作家本行尾有"，"。

雷又打、雨又打 ①

哪儿受的住? ②

③ 牛棚里、牛车旁 ④

石不烂作了个梦: ⑤

西北方有个神

手上捧的红书本 ⑥

招呼他:石不烂呵 ⑦

你别死呵 ⑧

这个天下说有路 ⑨

哪儿有路走?

这个天下说没路 ⑩

---

① 人文本、作家本行中"、"作",";作家本行尾有","。

② 人文本、作家本此行作"它哪儿受得住?"。

③ 作家本此行前增八行:

村里有个长工,

是个共产党员,

名字叫金不换,

来看石不烂说:

"到大山里去吧,

那是咱们的家;

找毛主席去吧,

他会给你找路!"

④ 人文本、作家本行中"、"作",";作家本行尾有","。

⑤ 作家本"作"作"做","："作"；"。

⑥ 人文本此行作"手上捧着书本";作家本以上二行作:

延安有个救星,

来到他的身边,

⑦ 人文本、作家本无"呵";作家本行尾有","。

⑧ 人文本此行作"好同志你别愁";作家本在人文本基础上行尾增","。

⑨ 人文本、作家本"这个天下"作"天底下";作家本行尾有","。

⑩ 人文本、作家本"这个天下"作"天底下";作家本行尾有","。

难道真没路!

石不烂你要问路 ①

石不烂你要找路!

这一夜天刚明 ②

鸡刚叫了三遍 ③

石不烂 ④

拐的腰、弯的背

搭的麻布袋

扶的木拐棍

到河北去

到河北去! ⑤

---

① 作家本此处有","。
② 作家本此行作"天色快要亮了,"。
③ 人文本此行作"雄鸡叫了三遍";作家本在人文本基础上行尾增","。
④ 人文本此行作"石不烂好兄弟";作家本在人文本基础上行尾增","。
⑤ 人文本以上五行作:
拐着腰,弯着背
搭着麻布袋
扶着木拐棍
跨过几重高山
他要到河北去!
作家本以上五行作:
拐着腰弯着背,
搭着麻布袋,
扶着木拐棍,
跨过几重高山,
他要到大山里去,
他要找共产党去,
他要找毛主席去!

第七回　摔镜 ①

蓝妮说过：

"爹不能常守我，②

你的心常看我！"

石不烂一走 ③

蓝妮漂在苦河 ④

蓝妮多少日

头也不梳

头也不梳

红鞋也不穿

不穿那红鞋

换的青鞋穿

常把窗户打开

---

① 作家本此回名为《七　苦树》。

② 作家本、人文本以上二行合为一行；人文本行尾无"，"。

③ 作家本此处有"，"。

④ 作家本此处有"；"。

早起望、晚上望：①

爹不能守我②

你的心常看我③

我住的朱家楼④

我不是朱家人⑤

我住的朱家楼⑥

我想的石家苦⑦

我看的朱家人⑧

我想的石家牛⑨

----

① 人文本自"蓝妮多少日"至此八行删改作：

蓝妮多少日

头发也不梳

常把窗户打开

早起望，晚上望：

作家本以上八行增改作：

头发往下落，

脸色也干枯；

头发快白啦，

骨头快磨断；

关在那小楼，

等着刀临头；

她站在楼上，

望着那满天云；

她站在窗户边，

望着那高山头——

② 人文本、作家本"守"作"常守"；作家本行尾有"，"。

③ 作家本此处有"；"。

④ 作家本此处有"，"。

⑤ 作家本此处有"；"。

⑥ 作家本此处有"，"。

⑦ 作家本此处有"；"。

⑧ 作家本此处有"，"。

⑨ 作家本此处有"；"。

我看的朱家花①

我想的石家血②

石家的太阳

早上出

朱家的太阳

晚上出

朱家的楼

埋的我

石家的牛棚

喂的我③

我姓石④

————

① 作家本此处有","。
② 作家本此处有"。"。
③ 人文本自"石家的太阳"至此八行改作：
石家的牛棚
穷人的骨肉
朱家的大楼
穷人的坟墓
朱家的大楼
天天埋着我
石家的牛棚
往日养过我
作家本以上八行作：
石家的牛棚，
穷人的骨肉；
朱家的大楼，
穷人的坟墓；
朱家的大楼，
天天埋着我；
石家的牛棚，
往日养过我。
④ 作家本此处有","。

我叫石 ①

我人 ② 住在朱家楼

心要天天回去。

别看这楼上

两个人同住

两个人

隔的万里路

活人睡在死人边

死人要拉活人死！ ③

有一日 ④

---

① 作家本此处有"，"。
② 人文本此处无"人"。
③ 人文本以上六行与上一节合为一节并修改作：
别看这楼上
两个人同住
一个是僵尸
一个是活人
各做各的梦
各有各的心。
作家本以上二节合为一节，以上八行改作：
我是一棵苦树，
树上没有花果。
这一颗心呵，
要飞出苦海去！
她要飞、飞呀，
远远地飞走！
石头要变鸟，
苦树要做船；
要逃出苦海呀，
死也要飞走！
④ 人文本此行作"蓝妮有一天"；作家本此行作"蓝妮这一天，"。

蓝妮在窗边 ①

偷望村西头

泪往窗下流 ②

她偷望家

她偷的哭

她背后有个猪

也悄悄偷望她

她哭他笑

她哭他骂 ③

忽然鞭子一响 ④

他说："滚下楼去！"

蓝妮下了楼

大老婆上楼住

① 人文本此行作"站在窗户边"；作家本在人文本基础上行尾增"；"。

② 人文本以上二行作：

眼望村西头

泪往窗下流

作家本以上二行作：

眼望高山头，

泪往窗下流。

③ 人文本以上六行删改作四行：

有个大肥猪

站在她背后

她在哭他在笑

她在哭他在骂

作家本以上六行删改作四行：

朱桂堂狼呀，

来到她背后，

她在哭他在笑，

她在哭他在骂。

④ 作家本此处有"，"。

蓝妮在楼下

脸望的楼上

摔的圆镜

碎个两半

接着抱头大哭

心里泪、流不完

一齐流，流不完

流不完只有哭①

———————

① 人文本自"蓝妮下了楼"至此十行删改作：
蓝妮搬下了楼
大老婆上楼住
蓝妮在楼下
脸望着楼上
手拿一把圆镜
圆镜摔成两半
心里泪，眼里泪
一齐流，流不完
作家本以上十行增改作：
年青的蓝妮呵，
关在那黑屋里。
也许她是昏了，
也许她是疯了；
她咬破了手指，
她撕碎了衣衫；
眼前一片黑暗，
屋里一片黑暗；
只有那一颗心，
好象山泉似的，
还在岩石下面，
急急地流转。
心里泪眼里泪，
一齐流流不完。

哭声中

房里画①

陪着哭

哭声中

房外花②

陪着哭

哭声中

房里画③

低下头

哭声中

房外花④

低下头

哭声中

楼上人

笑不休⑤

① 作家本"画"作"墙"。
② 作家本"花"作"树"。
③ 作家本"画"作"墙"。
④ 作家本"花"作"树"。
⑤ 作家本以上五节，每节三行行尾分别有"，""，""。"。

楼下有人哭①

楼上有人笑②

那个大老婆③

笑的哈哈哈④

那个老女婿⑤

笑的嘀嘀嘀⑥

老女婿笑的说：⑦

"贵货是贵货⑧

贱货是贱货⑨

金子是金子⑩

石头是石头⑪

我当她是块玉⑫

哪知她是土⑬

---

① 人文本此行作"楼上有人笑"；作家本在人文本基础上行尾增","。
② 人文本此行作"楼下有人哭"；作家本在人文本基础上行尾增";"。
③ 作家本"大老婆"作"母老虎,"。
④ 作家本此处有";"。
⑤ 作家本"老女婿"作"白脸狼,"。
⑥ 作家本此处有"。"。
⑦ 人文本此行作"老女婿笑着说："；作家本此行作"朱桂堂笑着说："。
⑧ 作家本此处有","。
⑨ 作家本此处有";"。
⑩ 作家本此处有","。
⑪ 作家本此处有";"。
⑫ 作家本此处有","。
⑬ 人文本、作家本"是土"作"是把土"；作家本行尾有";"。

我当她是花

哪知她是粪[1]

我当她是个人[2]

哪知她是个鬼？[3]"

① 人文本、作家本以上二行删除。

② 作家本此处有"，"。

③ 人文本、作家本"？"作"。"。

第八回　跪香①

太阳不变色②

苦河里水不换。

苦河里水不换③

不变青，④ 不变甜⑤

变成老血井⑥

换成吃人窝⑦

朱桂棠

订家法

罚蓝妮

---

① 作家本此回名为《八　问答》。

② 人文本"太阳"作"太阳呵"；作家本在人文本基础上行尾增","。

③ 作家本此处有","。

④ 人文本无","。

⑤ 作家本此处有","。

⑥ 人文本"变成"作"变成了"；作家本在人文本基础上行尾增","。

⑦ 人文本、作家本此行作"变成了吃人窝。"。

三不做①

一不许出门

二不许吃荤

三不许交男伴②

许做的坐黑屋③

叫拿笔画良心④

蓝妮心上问：

"猪⑤也有良心？"

画不出，画不出⑥

她画黑乌鸦⑦

嘴上咬着花⑧

她画一个猪

---

① 人文本以上四行合为二行：
朱桂堂订家法
罚蓝妮三不做
作家本以上四行合为二行：
朱桂堂订家法，
罚蓝妮三不做；
② 人文本"男伴"作"朋友"；作家本以上三行作：
一不许出门，
二不许吃荤，
三不许交朋友；
③ 作家本此处有"，"。
④ 作家本此处有"。"。
⑤ 作家本"猪"作"狼呵"。
⑥ 作家本此处有"。"。
⑦ 作家本此行作"她画一只乌鸦，"。
⑧ 作家本"花"作"花朵，"。

拱嘴甜①人头

她画一个神神

手捧着救命图②

朱桂棠更恼火③

取的一碗水④

叫蓝妮头顶住⑤

不许洒、⑥不许漏⑦

他说⑧：

"养个狗会看家⑨

养个猫捉老鼠⑩

我给你吃饭⑪

你给我砸锅⑫

---

① 人文本"甜"作"吃"。

② 作家本以上四行增改作六行：

她画一座苦海，

海里有棵苦树；

她画一座火山，

火山正在燃烧；

她画一个救星，

站在那高山头。

③ 作家本此处有"，"。

④ 人文本、作家本"取的"作"拿来"；作家本行尾有"，"。

⑤ 人文本此行作"硬叫蓝妮顶住"；作家本在人文本基础上行尾增"，"。

⑥ 人文本、作家本无"、"。

⑦ 作家本此处有"。"。

⑧ 人文本、作家本"他说"作"朱桂棠他说"。

⑨ 作家本此处有"，"。

⑩ 人文本、作家本"捉老鼠"作"会捉鼠"；作家本行尾有"；"。

⑪ 人文本、作家本"吃饭"作"饭吃"；作家本行尾有"，"。

⑫ 作家本此处有"；"。

莫非说我怕你、

我怕打死你、

怕打死你、①

没人陪我过②？

没人陪我过③

老子有的大洋钱④

使响器吹喇叭

笛笛打打再娶个。"⑤

蓝妮气不过⑥

话里把针穿：

"猪大人，

你哪里肯打我？

你是老虎吃蚱蜢

碎拾掇我捧的我玩？

你是金菩萨，

---

① 人文本以上三行删作一行"莫非我怕打死你"。

② 人文本"过"作"过活"。

③ 人文本"过"作"过活"。

④ 人文本"大洋钱"作"是钱"。

⑤ 作家本自"莫非说我怕你、"至此八行删改作六行：

莫非我怕打死你，

怕偿你的命么？

打死你算什么，

老子有的是钱，

再买一个山头，

送你一堆黄土。"

⑥ 作家本此处有","。

想扶我早早上天去？①

我也不怨你，②

我也不骂你？③

怨老天不长眼，④

生下你，又生我；⑤

怨你姓金，

怨我姓石：

怨我不烧香

天把你我一处放；⑥

我配不上你，⑦

睡在一个床上，⑧

我不笑、你不笑，⑨

花枕头哈哈笑；⑩

我不哭、你不哭，⑪

---

① 人文本、作家本自"猪大人"至此六行删除。
② 人文本此处无","。
③ 人文本此处无"？"；作家本"？"作"；"。
④ 人文本此处无","。
⑤ 人文本句中无","，句尾无"；"；作家本句中无","。
⑥ 人文本以上四行删改作二行：
你姓朱我姓石
本不是一条路
⑦ 人文本此处无","。
⑧ 人文本此处无","。
⑨ 人文本句中无"、"，句尾无","。
⑩ 人文本此处无"；"。
⑪ 人文本句中无"、"，句尾无","。

花枕头吃吃哭。"①

朱桂棠，人叫他猪

叫的不好过②

朱桂棠③

人一半、鬼一半④

蓝妮骂的话

他拿笑捧住

心上虽不高兴

脸上也算喜欢⑤

他家有⑥道堂

---

① 作家本自"怨你姓金，"至此十行改作：
你姓朱我姓石，
本不是一条路；
生来就是冤家，
死了还是对头。
这就是我的坟，
这就是我的墓；
我死在这地上，
也不沾你的土；
我要变一只鸟，
我要飞出去！"

"我要变一只鸟，
我要飞出去！"
② 人文本以上二行删除。
③ 人文本此行作"朱桂棠狗财主"。
④ 人文本句中无"、"。
⑤ 人文本"也算"作"假装"，行尾增"。"。
⑥ 人文本"有"作"有个"。

他又叫^① 蓝妮跪香

蓝妮心上想：

"跪香^② 我情愿做。"

香，她早先偷跪过

道，她早先偷入过^③

她入的道^④

叫^⑤ 一贯道

这个道、道义说：

"组织一贯道

练的刀枪不入

实行自卫

可以不交公粮

不支应敌人"^⑥

这个道、^⑦ 道规说：

"泄露真诀

巨雷焚身

泄露真诀

① 人文本"又叫"作"要"。
② 人文本"跪香"作"这呵"。
③ 人文本以上二行删除，以下自成一节。
④ 人文本"道"作"道门"。
⑤ 人文本"叫"作"名叫"。
⑥ 人文本以上六行删除。
⑦ 人文本"这个道、"作"一贯道，"。

脓血化身

泄露真言

死在乱刀之下。"①

这个道、有个文堂

文堂上铺红布

红布上放香炉

香炉上挂黄符

黄符上有鬼话

这鬼话有人懂

就是蓝妮不懂得②

这一日

蓝妮又跪香

她跪在红毡上

拱起一只小手，说：③

---

① 人文本此行之下自成一节。

② 人文本作以上七行改作六行：

朱家有个文堂

文堂上铺红布

红布上放香炉

香炉上挂黄符

黄符上有鬼话

都是骗的佃户。

③ 人文本以上四行作：

好蓝妮好姑娘

不幸落入迷网

她跪在红毡上

拱起两手念唱：

　　"蓝妮这生已死

　　来生怕也无望

　　修修、修修、①

　　修个来生福呵!"

　　管堂婆董婆婆

　　帮②她来插香

　　插好香之后

　　叮、叮、叮、③

　　敲三下铜铃

　　也拱起两手,④说:

　　"道主,保佑蓝妮,

　　保佑!她儿小朱卯。"⑤

　　蓝妮⑥来跪香

　　二黑⑦来调情

　　狗手弹着灰呢帽

　　悄悄的凑拢来

---

① 人文本此行作"修一修,修一修"。

② 人文本"帮"作"也帮"。

③ 人文本此行作"叮,叮,叮"。

④ 人文本无","。

⑤ 人文本以上二行删作一行"'道主保佑蓝妮。'"。

⑥ 人文本"蓝妮"作"好蓝妮"。

⑦ 人文本"二黑"作"狗二黑"。

这两条腿的狗

想舔蓝妮那屁股

他找出一把钢刀

呼呼唦唦、呼呼唦唦、

横放到道坛上

他要和蓝妮发誓：①

"蓝妮若有人害你，

我保你的险。"②

他动手动脚

手笑脚又笑

他伸出那手③

把④蓝妮扶住

好蓝妮、⑤好蓝妮

脸上的泪一收

抢起桌上的刀

噼噼啪啪、噼噼啪啪

---

① 人文本以上八行删改作二行：
他把钢刀一举
对着蓝妮赌咒：
② 人文本以上二行作：
"假若有人害你
我要给你报仇。"
③ 人文本以上三行删改作一行"二黑凑拢身来"。
④ 人文本"把"作"要把"。
⑤ 人文本"、"作"，"。

　　"狗养的、你要做甚？

　　猪当强盗、狗当扒手！" ①

---

① 人文本以上三行删改作一行"照着二黑劈去！"；作家本自"朱桂堂，人叫他猪"至本章结尾重写作：

蓝妮是棵苦树，	"穷人有路走吗，	不能做一个人？"
苦树还想开花；	路在哪一边？"	金娃告诉她说：
蓝妮是笼中鸟，	泉水忧郁地答道：	"我听说解放军，
笼中那鸟要飞。	"砂土把我压着，	他们是开路人，
她要飞出去——	我在砂土下面，	咱们要找路走，
眼睛突然一闪，	拼命往外流着，	只有等解放军！"
墙壁似乎崩毁，	不知哪是终点？"	蓝妮正要展翅，
屋顶如象裂碎；	她又飞到山顶，	再往前面飞时，
她的头顶上面，	找见那牧羊人；	睁开她的眼睛，
有了个"一线天"；	这人就是金娃，	原来是一个梦。
沿着这一线天，	金娃也是穷人；	身子还在暗牢，
拼命地往外飞。	蓝妮又问金娃：	头上还是屋顶。
飞出了石堡，	"苦海百万丈深，	还有一线希望，
飞回到石头村；	几时能掬干？	还有一线光明，
村里有条大泉，	人间这苦海呵，	留在她的身边，
落在那泉边；	几时才能填平？	把她向前牵引！
她向泉水问道：	真的我死了吗，	

第九回 ① 歇店

石不烂走外去，②

过的倒也欢。③

他本是赶车手 ④

一生跟的车转 ⑤

在家是赶车 ⑥

走外还是把车赶 ⑦

一天他歇店 ⑧

有个兵问他：

"石不烂老乡 ⑨

你尽 ⑩ 赶过什么车？"

---

① 作家本"第九回"作"九"。

② 人文本此处无"，"。

③ 作家本此行作"他又当了车手。"。

④ 作家本此处有"，"。

⑤ 人文本、作家本"跟的"作"跟着"；作家本行尾有"。"。

⑥ 人文本、作家本"是"作"就是"；作家本行尾有"，"。

⑦ 作家本此处有"。"。

⑧ 作家本此处有"，"。

⑨ 人文本、作家本"老乡"作"好老乡"；作家本行尾有"，"。

⑩ 人文本、作家本"尽"删除。

石不烂答道：

"我赶过卖人车^①。"

"嗯！嗯！^②

你又^③赶过什么车？"

石不烂答道：

"我赶过求命车^④。"

"嗯！嗯！^⑤

你又^⑥赶过什么车？"

石不烂答道：

"我赶过流血车^⑦。"

那个兵又问：

"眼下你赶的^⑧什么车？"

"好同志、^⑨问的好，

我虽说赶车^⑩

不是我赶车^⑪

---

① 作家本"卖人车"作"佃户车"。

② 人文本、作家本行尾"！"作"——"。

③ 人文本、作家本"你又"作"还"。

④ 作家本"求命车"作"卖命车"。

⑤ 人文本、作家本行尾"！"作"——"。

⑥ 人文本、作家本"你又"作"还"。

⑦ 作家本"流血车"作"求命车"。

⑧ 人文本、作家本"眼下你赶的"作"你这是"。

⑨ 人文本、作家本"、"作"，"。

⑩ 作家本此处有"，"。

⑪ 作家本此处有"，"。

是车把我赶①

比如过高山②

车要走上坡③

车缓我也缓④

车要往下走⑤

我就跟的车兜⑥

又比如歇店

我和车店里住

车子睡大觉

我还要喂牲口⑦

可是我这条命⑧

生来就要赶车⑨

不赶车没饭碗⑩

哪能不在车上赌命？⑪

---

① 作家本此处有"；"。
② 作家本此处有"，"。
③ 作家本此处有"，"。
④ 作家本此处有"；"。
⑤ 作家本此处有"，"。
⑥ 人文本、作家本"跟的"作"跟着"；作家本行尾有"；"；新华本此处注"（注）兜，追的意思"；人文本、作家本此处注"追的意思"。
⑦ 人文本、作家本以上四行删除。
⑧ 作家本此处有"，"。
⑨ 作家本此处有"；"。
⑩ 人文本此行作"赶着车找饭碗"；作家本在人文本基础上行尾增"，"。
⑪ 人文本此行作"找一条活路走"；作家本在人文本基础上行尾增"。"。

好同志、好先生①

话又说回来②

天不转地转③

车不转人转④

我看共产党一来⑤

老天也开了⑥

共产党说减租⑦

天底下出了活路⑧

我石不烂⑨

眼下赶的车⑩

这车的名字⑪

也就叫找路。"

"听你这言语，⑫

---

① 人文本此行作"好同志，好朋友"；作家本在人文本基础上行尾增","。
② 作家本此处有","。
③ 作家本此处有","。
④ 作家本此处有","。
⑤ 作家本此处有","。
⑥ 人文本、作家本"开了"作"开了口"；作家本行尾有"。"。
⑦ 作家本此处有","。
⑧ 人文本、作家本"出了"作"有"；作家本行尾有"。"。
⑨ 人文本、作家本行中"我"作"我啊"；作家本行尾有","。
⑩ 作家本此处有","。
⑪ 作家本此处有","。
⑫ 人文本此处无","。

你像^①是飘流人？"

"我走遍天下

穿的一张皮

我走遍天下

端的一个碗

见山吃山

见水吃水

见刀喝刀

见火喝火

见狗作揖

见猪磕头^②

头枕西北岭^③

---

① 作家本"像"作"象"。

② 人文本自"'我走遍天下"至此十行改作：

"我走遍天下

赶的一挂车

头上吹着风

肩上淋着雨

我见刀吃刀

我见火喝火

作家本以上十行改作：

"我走遍天下，

赶的一挂车；

头上吹着风，

肩上淋着雨；

我也挨过刀砍；

也挨过枪打；

③ 作家本此处有"，"。

脚踏弯弯岩①

天地就是房屋②

日月就是灯烛③

我虽没有穷相④

戴的是穷帽子⑤

我虽没有穷骨

守的是穷王法⑥

我是没根的树⑦

哪能不飘流？

我是没舵的船⑧

哪能不飘流？"

那个同志又问：

"刚才你说找路

天下路千万条

我问你、你找那一条？"

石不烂答道：

---

① 作家本此处有"；"。

② 作家本此处有"，"。

③ 作家本此处有"；"。

④ 作家本此处有"，"。

⑤ 人文本此行作"穷鬼把我抓住"；作家本在人文本基础上行尾增"。"。

⑥ 人文本、作家本以上二行删除。

⑦ 作家本此处有"，"。

⑧ 作家本此处有"，"。

"我有三不要

一不要日本鬼

二不要阎督军

三不要朱桂棠。

也要三头

一要减我的租

二要喝我的酒

三要共产党

不打起背包走

我看这像是路

怎么走

我再问共产党去。"①

石不烂话说完②

坐到店门口③

又唱又吆喝：

"老板娘快来④酒。"

老板娘逗他⑤：

"过节不卖酒。"

---

① 人文本、作家本自"那个同志又问："至此十七行删除。

② 作家本此处有"，"。

③ 人文本、作家本"店"作"店家"；作家本行尾有"，"。

④ 人文本、作家本"快来"作"快打"。

⑤ 人文本、作家本"逗他"作"逗他说"。

老板娘逗他①

他也逗老板娘：

"过节要烘火②

有花一朵③

给你戴上头④。"

老板娘笑笑⑤：

"就这也不卖酒。"⑥

他把酒坛一搬⑦

桌子一放，唱的说：⑧

"卖也要喝⑨

不卖也要喝⑩

世道换了⑪

有衣大伙穿⑫

有饭大伙吃⑬

---

① 人文本、作家本此行删除。
② 作家本此处有"，"。
③ 人文本、作家本"有"作"我有"；作家本行尾有"，"。
④ 人文本、作家本"头"作"呵"。
⑤ 人文本、作家本"笑笑"作"笑一笑"。
⑥ 人文本、作家本此行作"'谢谢你石大哥。'"。
⑦ 人文本、作家本"一搬"作"一拨"；作家本行尾有"，"。
⑧ 人文本、作家本此行作"又是唱又是说："。
⑨ 人文本、作家本"卖"作"卖啦"；作家本行尾有"，"。
⑩ 作家本此处有"；"。
⑪ 人文本、作家本"换了"作"早变换"；作家本行尾有"，"。
⑫ 作家本此处有"；"。
⑬ 作家本此处有"，"。

有酒大伙喝。"

人越笑

他越说

人越多

他越唱：①

"我找共产党，②

共产党不见我；③

共产党哪儿有，④

我也找不见。⑤

难道是路远？⑥

---

① 人文本以上四行改作二行，自成一节：

石不烂斟下酒

猛然一声高呼——

作家本以上四行改作二行，自成一节：

石不烂斟下酒，

唱起他的山歌。

② 人文本此处无"，"。

③ 人文本此处无"；"；作家本"；"作"。"。

④ 人文本此处无"，"。

⑤ 人文本此处无"。"；作家本此行作"我还没找见。"。

⑥ 人文本此行增作四行：

难道是路程远

车儿赶不到？

难道是山高

挡住了我的车？

作家本此行增作四行：

难道是路程远，

车儿赶不到？

难道是山高，

挡住了我的车？

难道是①

我的香没烧到？②

难道是③

我的心不诚？

难道是我不配④

若是香没烧到，⑤

我再烧香；⑥

若是心不诚，⑦

我的心能掏出；⑧

若是路远，⑨

毛主席！我赶车，⑩

请坐我的车，

---

① 人文本此行作"难道是我呵"；作家本在人文本基础上行尾增","。
② 作家本此行作"我的歌没唱到？"。
③ 人文本此行作"难道是我呵"；作家本在人文本基础上行尾增","。
④ 人文本、作家本此行删除。
⑤ 人文本行尾无","；作家本"香没烧到"作"山歌没唱到"。
⑥ 人文本此行作"我再来烧香"；作家本此行作"我再来唱呀；"。
⑦ 人文本此处无","。
⑧ 人文本此处无"；"。
⑨ 人文本、作家本"路"作"路程"；人文本行尾无","。
⑩ 人文本此处无","。

我接您老人家去！"①

---

① 人文本以上二行增作：

我接你老人家去
请坐上我的车！
只要我石不烂
和你能见一面
我的眼就亮了
我的心就亮了
高山上的太阳
照在石头上
高山下的石头
也要变成太阳！"

作家本以上二行增作：

我接你老人家去，
请坐上我的车！
只要我石不烂，
和你能见一面，
我的眼就亮了，
我的心就亮了，
高山上的太阳，
照在石头上；
高山下的石头，
也要变成太阳！"

第十回① 过岭

黑天开了口②
路旁也有官。

石不烂赶车③
算是老把式④
十八九岁时⑤
赶车做饭碗⑥
十八九岁时⑦
买的鱼儿刀⑧
挂在裤腰上⑨
从来未下过⑩

---

① 人文本"第十"作"第一〇回";作家本"第十回"作"一〇"。
② 作家本此处有","。
③ 作家本此处有","。
④ 作家本此处有"。"。
⑤ 作家本此处有","。
⑥ 人文本、作家本"做"作"找";作家本行尾有";"。
⑦ 作家本此处有","。
⑧ 作家本此处有","。
⑨ 作家本此处有","。
⑩ 作家本此处有";"。

他赶的车 ①

坐赶走赶 ②

都赶的稳 ③

似水如流 ④

好比箭空中过 ⑤

好比船水上游 ⑥

爬大坡

天气热

不放快车

不打牲口 ⑦

除非他喝下酒 ⑧

才要使杀性 ⑨

---

① 作家本此处有"，"。
② 作家本此处有"，"。
③ 作家本此处有"，"。
④ 作家本此处有"，"。
⑤ 作家本此处有"，"。
⑥ 作家本此处有"，"。
⑦ 人文本以上四行作：
要是上高山
要是翻大坡
也不放快车
也不打牲口
作家本以上四行作：
要是他上高山，
要是他翻大坡，
他也不放快车，
他也不打牲口。
⑧ 作家本此处有"，"。
⑨ 作家本"才要"作"他才要"，行尾有"，"。

加鞭放快

鞭梢子

回头望月

左右开弓

不管上坡下坡

也要和人赛车

也要把头车抢 ①

② 虽说他赶车 ③

---

① 人文本以上七行作：
把车儿放快
鞭梢子一响
有如左右开弓
有如回头望月
不管上坡下坡
也要和人赛车
也要把头车抢。
作家本以上七行作：
把车儿放快，
鞭梢子一响，
有如左右开弓，
有如回头望月；
不管上坡下坡，
也要和人赛车，
也要把头车抢。
② 人文本此行前增二行：
石不烂好兄弟
石不烂好老乡
作家本此行前增二行：
石不烂好兄弟，
咱们山歌手，
③ 作家本此处有"，"。

是个老车官 ①

也翻不了身 ②

总是两个空手 ③

这一日他运盐 ④

正要翻穷岭 ⑤

过岭之先

有个老汉

名叫老百姓官

和他路旁并坐 ⑥

老汉问道：⑦

---

① 作家本此行作"是一个老车倌，"。

② 作家本"也"作"他也"，行尾有"，"。

③ 人文本、作家本"两个"作"两只"；作家本行尾有"，"。

④ 作家本此处有"，"。

⑤ 作家本"正要"作"正要来"，行尾有"；"。

⑥ 人文本以上四行作：

还没过岭时

有个好老汉

名叫老百姓官

和他路旁并坐。

作家本以上四行作：

还没过岭时，

碰见了游击队。

一个游击队员，

想要去找金不换，

想请他来带路，

和他路旁并坐。

⑦ 人文本此行作"老汉问他道："；作家本此行作"游击队员问他道："。

"你① 叫甚？"

他答② 道：

"我叫石不烂。"

老汉又问：③

"呃，这名儿熟，④

不是见过，⑤

就是听说过。⑥"

他答道：⑦

"共产党没来，⑧

我也闹报仇，⑨

闹的血满手。"

老汉又问：⑩

"闹的是

---

① 人文本、作家本"你"作"同志你"。

② 人文本"他答"作"石不烂答"；作家本"他答"作"石不烂回答"。

③ 人文本此行作"老汉又问他："；作家本此行作"游击队员又问他："。

④ 人文本此处无"，"。

⑤ 人文本此行作"咱们不是见过"；作家本此行作"咱们不是见过，"。

⑥ 作家本"听说"作"听人说"；人文本、作家本"。"作"？"。

⑦ 人文本、作家本此行作"石不烂眉一皱："。

⑧ 人文本此处无"，"。

⑨ 人文本、作家本"也闹"作"就要"；人文本行尾无"，"。

⑩ 人文本此行作"老汉又问他："；作家本此行作"游击队员又问他："。

血满手

不是血满头?"①

他答道:

"挨了一大枪,

就是人没死,

因此人叫我石不烂。"②

石不烂一五一十

道他的苦书

老汉点点头道:

---

① 人文本以上三行作:

"喝水不打井

过河不撑船

哪有好结果?"

作家本以上三行作:

"喝水不打井,

过河不撑船,

哪有好结果?

共产党没有来,

你怎么能报仇?"

② 人文本以上四行作:

石不烂笑一笑:

"人叫我石不烂

不怕枪不怕刀

一辈子要硬干。"

作家本以上四行作:

石不烂笑一笑:

"人叫我石不烂,

不怕枪不怕刀,

一辈子要硬干。"

"不是见过也听过。"①

老汉站起身来，说，②

"受苦人要翻身，③

要走三条路：④

第一条：换脑筋！

第二条：结团体！

第三条：要领导！

还要三不怕：⑤

一不怕说良心坏⑥

二不怕走弯路⑦

三不怕老狗日的⑧

打黑枪，和下毒。"⑨

石不烂

一听话

像是找见路

---

① 人文本、作家本以上四行删除。

② 人文本此行作"老汉站起身来说："；作家本此行作"那人站起身来说："。

③ 人文本此处无"，"。

④ 人文本、作家本"："作"——"。

⑤ 人文本、作家本"："作"——"。

⑥ 作家本此处有"，"。

⑦ 作家本此处有"，"。

⑧ 人文本、作家本"老狗日的"作"老家伙"。

⑨ 人文本、作家本此行作"打黑枪下毒药。'"。

坐不住、立不住 ①

掏出鱼儿刀

往车上一扎，说：

"吓，我这就往回走

拔那猪门打猪去！" ②

老汉 ③ 笑一笑：

"有了石张飞

还要有个金诸葛

有了石不烂

还要有金不换

金石配的唱

---

① 人文本以上四行作二行：
石不烂心一开
光明向他飞来
作家本以上四行作二行：
石不烂心一开，
光明向他飞来。
② 人文本以上四行作：
他掏出鱼儿刀
往车上一扎说：
"一把刀一挂车
要改天要换地！"
作家本以上四行作：
他掏出鱼儿刀，
往车上一扎说：
"一把刀一挂车，
要改天要换地！"
③ 作家本"老汉"作"游击队员"。

不愁唱台戏。"①

二人话说完

抬头一望②

穷岭上、红灯出③

高高挂山头④

红灯照的是

受苦人上甜路

红灯照的是

受苦人成气候

---

① 人文本以上六行作：

"有了石不烂

还要有金不换

这一台好戏

才能唱的欢

金不换游击队

住在本乡本土

咱们都是朋友

你可以找他去！"

作家本以上六行作：

"有了个石不烂，

还要有金不换，

这一曲翻身歌，

才能够唱的欢。

你找见金不换，

就找见一条路；

他和咱是朋友，

你可以找他去！"

石不烂笑一笑：

"他和咱也是朋友。"

② 人文本以上二行作"石不烂抬起头"；作家本在人文本基础上行尾增"，"。

③ 人文本、作家本行中"、"作"，"；作家本行尾有"，"。

④ 人文本、作家本此行删除。

红灯照的是

穷山上开富花

红灯照的是

天下的石头

都要变成金和玉。①

---

① 人文本以上九行作：
红灯照的是——
受苦人有了路
红灯照的是——
天要翻地要覆
红灯照的是——
穷山上开富花
红灯照的是——
一位赶车手
赶着他的车
翻过了穷山坡。
作家本以上九行作：
红灯照的是——
受苦人变成火。
红灯照的是——
苦树上结红果。
红灯照的是——
穷山上英雄多。
红灯照的是——
一位赶车手
赶着他的车
翻过了穷山坡。

第十一回^①　呱哒

石不烂有个朋友，^②

名叫金不换。^③

金不换，石不烂^④

都是穷佃户^⑤

好比一个蔓^⑥

结的两个瓜^⑦

好比一个巢^⑧

飞的两个鸟^⑨

好比一个园^⑩

长的两棵树^⑪

---

① 人文本"第十一回"作"第一一回"；作家本"第十一回"作"一一"。

② 人文本此行作"石不烂赶着车"；作家本在人文本基础上行尾增"，"。

③ 人文本、作家本此行作"找见了金不换。"。

④ 作家本此处有"，"。

⑤ 作家本此处有"；"。

⑥ 人文本、作家本"一个"作"一根"；作家本行尾有"，"。

⑦ 人文本、作家本"两个"作"两颗"；作家本行尾有"；"。

⑧ 作家本"一个巢"作"一棵树，"。

⑨ 人文本、作家本"两个鸟"作"两只鸟；"。

⑩ 作家本此处有"，"。

⑪ 作家本此处有"；"。

血肉上也不远

心眼上也相近 ①

可是他俩个 ②

倒也有不同 ③

一个办法多 ④

一个胆子粗 ⑤

一个性子耐 ⑥

筛沙也筛土 ⑦

一个性子快 ⑧

筛沙不问土 ⑨

一个像是水 ⑩

明明又亮亮 ⑪

---

① 人文本以上二行作：
心眼上也相近
血肉上也不远
作家本以上二行作：
心眼上也相近，
血肉上也不远。
② 人文本、作家本"俩个"作"两个"；作家本行尾有"，"。
③ 作家本此处有"："。
④ 作家本此处有"，"。
⑤ 作家本此处有"；"。
⑥ 作家本此处有"，"。
⑦ 人文本、作家本此行删除。
⑧ 作家本此处有"；"。
⑨ 人文本、作家本此行删除。
⑩ 作家本"像"作"象"，行尾有"，"。
⑪ 作家本此处有"；"。

一个像是火 ①

轰轰又烈烈 ②

一个是雨

细水长流

一个是雷

粗声大气 ③

一个又像钟 ④

打起来当当当 ⑤

一个又像鼓 ⑥

打起来咚咚咚 ⑦

石不烂初回家 ⑧

大庙月光下

---

① 作家本"像"作"象",行尾有","。
② 作家本此处有";"。
③ 人文本、作家本以上四行删除。
④ 作家本"像"作"象",行尾有","。
⑤ 作家本此处有";"。
⑥ 作家本"像"作"象",行尾有","。
⑦ 作家本此处有"。"。
⑧ 人文本此行作二行：
这一晚石不烂
刚刚回到家

二人闲呱哒。①

金不换问②：

"河北③好不好？"

石不烂答④：

"好的没话说。"

金不换问⑤：

"边区有多大？"

石不烂答⑥：

"一望无边⑦。"

金不换问：

"毛主席多高？"

_____

① 作家本以上三行增作六行：

这一晚石不烂，

刚刚回到家，

他和金不换，

坐在月光下；

面向果树园，

二人闲呱哒。

② 作家本"问"作"问道"。

③ 作家本"河北"作"边区"。

④ 作家本"答"作"答道"。

⑤ 作家本"问"作"问道"。

⑥ 作家本"答"作"答道"。

⑦ 作家本"无边"作"无边啦"。

石不烂答：

"听说有天尺高。"①

金不换又问：

"共产党站的住脚？"

石不烂答：

"决不会跑。"②

金不换又问：

"哪儿减了租？"

石不烂答：

"穷人大翻身？"③

---

① 人文本此行作"'说有六尺高。'"；作家本以上四行改作：

金不换又问道：

"毛主席在哪？"

石不烂答道：

"说是在延安府。"

② 人文本以上四行改作：

金不换又问：

"你见过没有？"

石不烂笑道：

"在梦里见过。"

作家本以上四行作：

金不换又问道：

"你见过他没有？"

石不烂笑道：

"咱在梦里见过。"

③ 作家本以上四行作：

金不换又问道：

"受苦人翻身了？"

石不烂答道：

"受苦人大翻身。"

石不烂也问①：

"咱村里怎的个？"

金不换说②：

"要说话就多③

咱村好比荒山④

乱草一山坡⑤

慢刀割不完⑥

快刀难下手⑦

快刀你使过⑧

慢刀我也使过⑨

都是不对头⑩

两手血白流⑪

常言假事做不得

真事真难做

靠自己

---

① 作家本"问"作"问道"。

② 作家本"说"作"告他说"。

③ 人文本、作家本"要说话就多"删除。

④ 作家本此处有","。

⑤ 作家本此处有"；"。

⑥ 作家本此处有","。

⑦ 作家本此处有"；"。

⑧ 作家本此处有","。

⑨ 作家本此处有"；"。

⑩ 作家本此处有","。

⑪ 作家本此处有"。"。

　　手短伸不进锅

　　靠别人

　　盛饭盛的空碗

　　减租这是新路

　　我也正在捉摸。"①

　　石不烂接的②说：

---

①人文本自"常言假事做不得"至此八行改作：
《赶车传》上说：
'翻身有两宝
两宝叫什么？
名叫智和勇
智勇两分开
翻身翻进沟
智勇两相合
好比树上鸟
两翅一拍开
山水都能过。'
减租这是新事
我也正在捉摸。"
作家本以上八行改作：
《赶车传》上说过：
'翻身有两宝；
两宝叫什么？
名叫智和勇；
智勇两分开，
翻身翻进沟；
智勇两相合，
好比树上鸟；
两翅一拍开，
山水都能过。'
翻身要找队伍，
不能乱挥板斧。"
②人文本、作家本"接的"作"接着"。

"我算想透了^①

满山尽是树^②

作梁作不了柱^③

打日本减租^④

得找共产党^⑤

咱们这一把子人^⑥

要先请下这个神。"^⑦

金不换一笑：

"好说，要请这个神

说远远在天边

说近近在眼前

可是共产党是扶人

做人还要自己做。"^⑧

---

① 人文本、作家本"我算是想透了"删除。
② 作家本此处有"，"。
③ 作家本此处有"；"。
④ 人文本、作家本"减租"作"闹减租"；作家本行尾有"，"。
⑤ 作家本此处有"；"。
⑥ 人文本、作家本"这一把子"作"这把子"；作家本行尾有"，"。
⑦ 人文本"要先请下"作"要请下"；作家本此行作"要靠党来指路。'"。
⑧ 人文本以上五行作：
"满山上都是树
能作梁能作柱
我姓金你姓石
金和石来开路。"
作家本以上五行作：
"满山上都是树，
能作梁能作柱；
我姓金你姓石，
金和石来开路。"

二人话未完，①

蓝妮到庙口 ②。

③ 蓝妮到庙口

先见 ④ 月光下

有个大人影 ⑤

墙上来回走

个子高

拐的 ⑥ 腰

一条麻布袋

肩上横着搭 ⑦

说他不像爹

---

① 人文本行尾无"，"；作家本此行作"他俩正在商议，"。
② 作家本"到庙口"作"来到村边"。
③ 作家本此行前增八行：
提起这件事来，
我要补说一点：
自从游击队，
来到长城下，
蓝妮的命运，
才有了改变；
她逃出那虎口，
没人敢来追。
④ 人文本"先见"作"看见"。
⑤ 人文本"大人影"作"人影影"。
⑥ 人文本"的"作"着"。
⑦ 人文本"横着搭"作"横搭着"。

哪儿不像爹？

说他像是爹

怎的拐起腰？ ①

他爹见蓝妮 ②

也不敢叫闺女 ③

怎的像个鬼

红辫子哪儿去？ ④

蓝妮往前走 ⑤

大喊："爹呵杀了我，

我骇死呵，

---

① 作家本自"蓝妮到庙口"至此十二行改作：
蓝妮在这时候，
刚一走出村来，
看见一个人，
吓得她一跳，
他不是爹吗？
爹呀爹还活着？
蓝妮到庙口，
一条麻布袋，
肩上横搭着；
说他不象爹，
哪儿不象爹？
说他象是爹，
真的他还活着？
② 作家本"见蓝妮"作"一见蓝妮，"。
③ 人文本"闺女"作"女儿"；作家本"闺女"作"女儿，"。
④ 人文本此行作"头发像黄草。"；作家本以上二行作：
怎的她象个鬼，
头发好象黄草？
⑤ 作家本"往前走"作"再往前走；"。

我骇杀呵！"①

石不烂扶起她②

心上哭、③嘴上笑：

"这笔账慢慢再算

爹先送你一件宝。"

石不烂一张脸

下的连阴雨

多见霉气

少见那日头

蓝妮见了爹笑

好像吃了起死药

小红辫子也像还了原

她忽然一笑：

"我问爹

这宝叫什么？"

石不烂大笑，答：

---

① 人文本以上三行作：
热泪往下流：
"爹呵我该杀
爹呵杀了我！"
作家本以上三行作：
热泪直往下流：
"爹呵我该杀，
爹呵杀了我！"
② 作家本此处有"，"。
③ 人文本"、"作"，"；作家本无"、"。

"它叫恩人像，

他是毛主席！

咱们不该死，

是他下的令；

咱们存下脸，

是他订的规；

咱们不做牲口

不叫猪狗骑，

重做老百姓，

是他指的路；①

他老人家住的延安府，

大心眼望的一天下

哪怕隔的千山万水，

---

① 人文本自"'这笔账慢慢再算"至此二十三行改作十四行：

"你呵还活着？	是他下的令
咱们死不了！	咱们存下脸
我有一张好画	是他订的规
送给好女儿	咱们不做牲口
它叫恩人像	不再受欺侮
他是毛主席！	要做新的人
咱们不该死	是他指的路

作家本以上二十三行改作十四行：

"你呵还活着？	是他下的令。
咱们死不了！	咱们存下脸，
我有一张好画，	是他订的规。
送给我的女儿；	咱们不再受苦，
这是咱的亲人，	不再受欺侮，
这是毛主席！	要做新的人，
咱们不该死，	是他指的路。

他也是看的咱，

扶的咱，往活路走！"①

石不烂又一哭：

"人叫我共产党，

我该怎的说？

说我是、也不是，

说不是、我也是，

说我是、我也问，

共产党在那儿，

说我不是、

说都叫我共产党，

我看啦，

今后要少喝酒，

要说那空舌头，

千不要，万不要

---

① 人文本以上五行改作六行：

他呵他老人家

住在延安府

相隔万里路

伸来他的手

扶着他的儿女

一步步往前走

作家本以上五行改作六行：

他呵他老人家，

住在延安府；

相隔万里路，

伸来他的手；

扶着他的儿女，

来往活路上走。

给共产党丢大脸。"①

①人文本自"石不烂又一哭："至此十四行改作二十行：

我呵石不烂　　　　　共产党招呼我
别看我是穷汉　　　　车儿赶到天边
太阳照在心上　　　　那儿有一只鸟
红旗插在车上　　　　名叫共产主义
赶着一挂车　　　　　它要唱它要飞
咱们上天边　　　　　它要坐我的车。
我呵石不烂　　　　　我呵石不烂
要做一个党员　　　　好好把车赶
我呵石不烂　　　　　千不要，万不要
赶着我的车　　　　　给毛主席丢脸。"
作家本以上十四行改作二十行：

我呵石不烂，　　　　共产党招呼我，
别看我是穷汉，　　　车儿赶到天边；
太阳照在心上，　　　那儿有一只鸟，
红旗插在车上，　　　名叫共产主义；
赶着一挂车，　　　　它要唱它要飞，
咱们上天边；　　　　它要坐我的车。
我呵石不烂，　　　　我呵石不烂，
要做一个党员；　　　好好把车赶；
我呵石不烂，　　　　千不要，万不要
赶着我的车；　　　　给毛主席丢脸。"

第十二回① 换心会

五里村大庙上，②
响起③翻身雷。

村里受苦人④
哄哄上了庙⑤
有的长工
拿的镰刀
有的羊官
扛的茅枪
有的老婆
拾起瓦片
有的老汉
捧的块砖
他们好比一园树

---

① 人文本"第十二回"作"第一二回"；作家本"第十二回"作"一二"。

② 作家本"五里村"作"石头村"；人文本行尾无","。

③ 作家本"响起"作"响起了"。

④ 人文本、作家本"受苦人"作"老百姓"；作家本行尾有","。

⑤ 作家本此处有"。"。

有槐树、有杨树

有松柏

树虽大不同

都是等大雨①

大庙上②

一座楼③

左边挂的钟④

钟有半人高⑤

右边吊的鼓⑥

鼓有半人宽⑦

钟鼓下

一块碑

碑上说：⑧

---

① 人文本、作家本自"有的长工"至此十三行删除。

② 作家本此处有","。

③ 作家本此处有","。

④ 作家本此处有","。

⑤ 作家本此处有"；"。

⑥ 作家本此处有","。

⑦ 作家本此处有"；"。

⑧ 人文本以上三行作：

在它底下面

有一块石碑

这块碑上说：

作家本以上三行作：

钟鼓楼下面，

有一块石碑，

这块碑上说：

　　　"民国三年间 ①

　　　五里村大旱 ②

　　　朱桂棠行善 ③

　　　买下全村地 ④

　　　买地发下财 ⑤

　　　修的龙王庙" ⑥

　　　因为是大旱 ⑦

　　　大旱发的财 ⑧

　　　他修的那庙 ⑨

　　　又叫谢天庙 ⑩

　　　谁要谢天？

　　　谢谁的天？ ⑪

---

① 作家本此行无前引号，"三年"作"某一年"，行尾有","。

② 作家本此行作"石头村大旱,"。

③ 作家本此处有","。

④ 作家本此处有","。

⑤ 作家本此处有","。

⑥ 人文本此行作"修了龙王庙。'"；作家本此行作"修了龙王庙。"。

⑦ 作家本此处有","。

⑧ 作家本此处有","。

⑨ 作家本此处有","。

⑩ 人文本、作家本行尾有"。"。

⑪ 人文本、作家本以上二行自成一节；人文本以上二行改作：

谁要来谢天

要谢谁的天？

作家本以上二行改作：

谁要来谢天？

要谢谁的天？

这伙人

不谢天、要换天！①

共产党金不换②

他那背小小驼

石碑上一靠

脸望大伙笑

大苦人石不烂

他的腰很是拐

石桌上一坐

笑的望大伙

众人围的他俩坐

---

① 人文本以上二行增改作八行：
咱们这伙人
不谢天，要换天
长工拿着镰刀
羊倌扛着矛枪
老汉打着红旗
老婆举着瓦片
听呵雷在响
听呵风在吼
作家本以上二行增改作八行：
咱们这伙人，
不谢天要换天！
长工拿着镰刀，
羊倌扛着矛枪，
老汉打着红旗，
老婆拾起瓦片；
听呵，雷在响，
听呵，风在吼。
② 作家本此处有"，"。

围成一个大圆盘 ①

金不换头一问：

"租子该减不？" ②

众人一口答：

"谁说不该减！" ③

有的说：

"龙王不要脸，

给猪作了主，" ④

有的说： ⑤

---

① 人文本自"他那背小小驼"至此九行改作：
站在众人面前　　　　要站在前线。"
他的腰他的背　　　　赶车手石不烂
靠着那块石碑　　　　站在石桌上
鹰似的眼睛　　　　　两眼冒着火
眼里打着闪电——　　两手攀着天！
"我呵是党员
作家本以上九行改作：
站在众人面前；　　　要站在前线。"
他的腰他的背，　　　赶车手石不烂
靠着那一块石碑；　　站在石桌上，
鹰一样的眼睛，　　　两眼冒着火，
眼里打着闪电——　　两手攀着天！
"我呵是党员，
② 作家本此行作"'土地该收回不？'"。
③ 作家本此行作"'早就该收回！'"。
④ 人文本、作家本以上三行删除。
⑤ 人文本、作家本此行作"有人在控诉："。

"受苦没饭吃^①

不受苦反^②享福。"

有的说：^③

"河里水长流，^④

谁挑归谁有；^⑤

田地本无主，^⑥

谁种归谁收；^⑦

种瓜的应得瓜，^⑧

种豆的应得豆。"

有的说：^⑨

"可是朱桂棠，^⑩

杀人做大户，^⑪

咱们滴的血，^⑫

---

① 作家本"受苦"作"受苦的"，行尾有","。
② 人文本、作家本"反"作"倒"。
③ 人文本、作家本此行作"有人在控诉："。
④ 人文本此处无","。
⑤ 人文本此处无"；"。
⑥ 人文本、作家本"无"作"有"；人文本行尾无","。
⑦ 人文本此处无"；"。
⑧ 人文本此处无","。
⑨ 人文本、作家本此行作"有人在控诉："。
⑩ 人文本此处无","。
⑪ 人文本此处无","；作家本","作"；"。
⑫ 作家本"滴的血"作"流的血汗"；人文本行尾无","。

他做聚宝盆；①

咱们的骨头，②

他做③摇钱树。"

有的说：

"要种他的地，

反要拿命换！"④

有的说：⑤

"种了朱家地，⑥

去交他的租，⑦

斗大还不算，⑧

风车两三个，⑨

多了归朱家，⑩

少了自己补。"

---

① 作家本"做"作"做了"；人文本行尾无"；"。

② 作家本"的"作"身上的"；人文本行尾无"，"。

③ 作家本"做"作"做了"。

④ 人文本、作家本以上三行删除。

⑤ 人文本、作家本此行作"有人在控诉："。

⑥ 人文本此处无"，"。

⑦ 人文本、作家本"交"作"缴"；人文本行尾无"，"。

⑧ 人文本此处无"，"。

⑨ 人文本此处无"，"；作家本此行作"根本没有谱；"。

⑩ 人文本此处无"，"。

有的说：①

"补不起的话，②

补老婆、③补儿女。"

有的说：④

"借了朱家钱，⑤

田地也滚完，⑥

本还没有门，⑦

先就把利收。⑧

春三、夏一、⑨

冬二、秋一五，⑩

本上本、⑪

利上利、⑫

左一滚、⑬

右一滚、⑭

---

① 人文本、作家本此行作"有人在控诉："。
② 人文本此处无","。
③ 作家本、人文本无"、"。
④ 人文本、作家本此行作"有人在控诉："。
⑤ 人文本此处无","。
⑥ 人文本此处无","；作家本","作"；"。
⑦ 人文本、作家本"没有门"作"没出门"；人文本行尾无","。
⑧ 人文本行尾无"。"；作家本"。"作"；"。
⑨ 人文本、作家本句中"、"作","；人文本句尾无"、"；作家本句尾"、"作","。
⑩ 人文本、作家本句中"、"作","；人文本句尾无","。
⑪ 人文本此行作"本上又加本"；作家本在人文本基础上行尾增","。
⑫ 人文本此行作"利上又加利"；作家本在人文本基础上行尾增"。"。
⑬ 人文本行尾无"、"；作家本"、"作","。
⑭ 人文本行尾无"、"；作家本"、"作","。

越滚越是沉，①

沉的背不起，②

二鬼来把门。"

有的说：

"若要不给他，

就得带命去。"③

有的说：④

"种了朱家地，⑤

夫妻不团圆。"

有的说：⑥

"借了朱家钱，⑦

儿女就分手。"

有的说：⑧

"给他扛长工，⑨

---

① 人文本此处无"，"。
② 人文本此处无"，"。
③ 人文本、作家本以上三行删除。
④ 人文本、作家本此行作"有人在控诉："。
⑤ 人文本此行作"借了朱家钱"；作家本在人文本基础上行尾增"，"。
⑥ 人文本、作家本此行作"有人在控诉："。
⑦ 人文本此行作"种了朱家地"；作家本在人文本基础上行尾增"，"。
⑧ 人文本、作家本此行作"有人在控诉："。
⑨ 人文本此处无"，"。

也不如一条驴 ①

辛苦一辈子， ②

净为人家忙。 ③

老了做不动， ④

人家就不要， ⑤

赶到大门外， ⑥

回家吃糠去。 ⑦

活着打光棍， ⑧

死也打光棍，

当个绝户头，

卖肉也卖不出！” ⑨

有的说： ⑩

"给他打短工， ⑪

短刀来割你， ⑫

---

① 人文本、作家本"也不如"作"还不如"；作家本行尾有"；"。

② 人文本此处无"，"。

③ 人文本、作家本"净为"作"全为"；人文本行尾无"。"；作家本"。"作"，"。

④ 人文本此处无"，"。

⑤ 人文本此处无"，"。

⑥ 人文本此处无"，"。

⑦ 人文本行尾无"。"；作家本"。"作"；"。

⑧ 人文本、作家本"打光棍"作"当光棍"；人文本行尾无"，"。

⑨ 人文本、作家本以上三行删改作一行"死了当绝户。'"。

⑩ 人文本、作家本此行作"有人在控诉："。

⑪ 人文本此处无"，"。

⑫ 作家本"割你"作"割你呀"；人文本行尾无"，"；作家本"，"作"；"。

吃饭吃水饭，①

浪头淹住口；②

算工钱、③

算八九，④

爬也爬不到家。"

众人说：⑤

"咱们好比韭菜，⑥

人家好比镰，⑦

你长一长⑧

人家就想割，⑨

你长一寸，⑩

人家⑪想割一尺。"

众人又说：

"头顶人家天

---

① 人文本此处无"，"。

② 作家本"淹住口"作"淹住口呀"；人文本行尾无"；"。

③ 人文本行尾无"、"；作家本"、"作"，"。

④ 人文本此处无"，"。

⑤ 人文本、作家本此行作"有人在控诉："。

⑥ 人文本此处无"，"。

⑦ 人文本、作家本"镰"作"镰刀"；人文本行尾无"，"。

⑧ 人文本、作家本"你"作"你要"；人文本行尾无"，"。

⑨ 人文本行尾无"，"；作家本"，"作"；"。

⑩ 人文本、作家本"你"作"你要"；人文本行尾无"，"。

⑪ 人文本、作家本"人家"作"他"。

脚踏人家地

越穷越靠人

越渴越吃盐

穷窟窿越弄越大

连着补也补不起。"

石不烂大叫：

"这就叫天上的

太阳西边出。"①

金不换二又问：

"减租怎么办②？"

众人答③：

"落口石能垒堤④

咱们⑤也能斗。"

区委插的问：⑥

"没人怕变天？"

---

① 人文本、作家本以上二节十行删除。
② 人文本"怎么办"作"该怎办"；作家本"减租怎么办"作"斗争该怎办"。
③ 作家本"答"作"又回答"。
④ 作家本此处有"，"。
⑤ 作家本"咱们"作"咱们呀"。
⑥ 人文本、作家本此行作"石不烂插嘴问："。

有的说：

"天在人心上

人心不变

天怎的变？"①

有的说：②

"八路军要走③

他走我也走④

他在一天⑤

我吃一天黄糕⑥

只要减了租⑦

那怕杀了我？"⑧

有的也问：⑨

"拐不烂⑩

你是老共产党⑪

你把你那天书⑫

---

① 人文本、作家本以上四行删除。

② 人文本此行作"众人答："；作家本此行作"众人又回答："。

③ 作家本此处有"，"。

④ 作家本此处有"；"。

⑤ 人文本、作家本"在"作"要在"；作家本行尾有"，"。

⑥ 作家本此处有"；"。

⑦ 作家本此行作"只要胜利了，"。

⑧ 作家本"那怕"作"哪怕"；人文本、作家本"？"作"！"；人文本、作家本以上七行自成一节。

⑨ 人文本、作家本此行作"有人笑着问："。

⑩ 人文本此行作"老石，石不烂"；作家本在人文本基础上行尾增"，"。

⑪ 作家本行尾有"；"。

⑫ 作家本行尾有"，"。

打开看一看^①

看咱们的话^②

说的漏不漏？"

石不烂拐起腰

桌上一站

手拿鱼儿刀

好比要上天

好比他搭天梯

大伙一同上天

他指的天大喊：^③

"往西往北^④

尽是八路军^⑤

有树又有根^⑥

还会往那儿^⑦走！"

---

① 作家本"打开"作"打开来"，行尾有"；"。

② 作家本此处有"，"。

③ 人文本以上七行删改作四行：

石不烂直起腰

手拿鱼儿刀

好比要上天

他指着天大喊：

作家本以上七行改作四行：

石不烂直起腰，

手拿鱼儿刀，

好比要上天，

他指着天大喊：

④ 人文本、作家本"往北"作"又往北"；作家本行尾有"，"。

⑤ 作家本行尾有"，"。

⑥ 作家本行尾有"，"。

⑦ 人文本、作家本"那儿"作"哪儿"。

接着他笑一笑

"要问共产党 ①

老金是一个 ②

要问共产党 ③

咱也算半个。"

金不换三又问：

"怕不怕那猪 ④ ？"

有的说：

"那两年怕

眼下不怕了。"

有的说：

"怕也得斗。"

有的说：

"老财的根

阎锡山

越长越小

咱们的根

八路军

---

① 作家本此处有"，"。
② 作家本此处有"；"。
③ 作家本此处有"，"。
④ 作家本"猪"作"狼"。

越长越大

比一比呵

就不怕了。"①

石不烂也问：

"敢不敢杀那猪②？"

众人说：③

"杀了好，杀了好。"④

石不烂又大叫：

"咱们这就去。"⑤

---

① 人文本自"有的说："至此十四行改作二节十六行：

镰刀在响了	手上捧起枪
众人挥起手：	对着大家伙
"要怕别想活	手上捧起枪
要活就得斗！"	对着穷佃户
	恶霸和佃户
镰刀在响了	马上要决斗
众人挥起手。	此刻呵双方
朱桂棠在楼上	正在估量对手。
打开那窗户	

作家本此十四行改作二节十六行：

镰刀在响了，	手上捧起枪，
众人挥起手：	对着石头村；
"要怕别想活，	手上捧起枪，
要活就得斗！"	对着穷佃户；
	恶霸和佃户，
镰刀在响了，	马上要决斗；
众人挥起手。	此刻呵，双方
朱桂棠在石堡，	正在估量对手。
守着那枪眼；	

② 人文本、作家本"那猪"作"他"。

③ 人文本、作家本此行作"一阵风吹过来："。

④ 人文本此行作"杀呵杀了好。"；作家本此行作"杀呵杀了好，"。

⑤ 人文本、作家本以上二行删除。

金不换摆摆手：

"先别杀、先拔毛

先别杀、先洗脏

先别杀、先烧水

能杀再杀去

能吃再吃去。"①

石不烂

刀插住

走下地

伸出手

把众人心一摸

"你的心可翻了？"

众人也伸出手

往自己心上摸

地上人摸心

天上月亮照

---

① 人文本以上五行增改作：

"喝水要打井　　　　心上没问题

过河要撑船　　　　火也罢枪也罢

咱们闹斗争　　　　它都攻不破

大家要齐心　　　　冲锋时陷阵时

咱老金金不换　　　老金是第一个！"

作家本以上五行增改作：

"喝水要打井，　　　心上没问题；

过河要撑船；　　　火也罢枪也罢，

咱们闹斗争，　　　它都攻不破；

大家要齐心。　　　冲锋时陷阵时

咱老金金不换，　　老金是第一个！"

天上的月亮

好比大圆镜

照的受苦人

要换苦人心

那苦心数十颗

结成一挂欢喜珠。①

石不烂还主张：

"心齐还不算，②

还要烧天香。③

还要磕头发誓，④

不减租⑤不甘休！"

---

① 人文本自"石不烂"至此十六行改作十四行：

石不烂走下地	天上月亮照
他把刀插住	天上的月亮
伸出他的手	好比大圆镜
往心上摸一摸	照见受苦人
众人也伸出手	要换苦人心
都要把心换	心儿千万颗
地上人摸心	结成一挂珠。

作家本以上十六行改作十四行：

石不烂走下地，	地上人换心；
他把刀插住；	天上的月亮，
伸出他的手，	好比大圆镜，
往心上摸一摸。	照见受苦人，
众人也伸出手，	要换苦人心；
都要把心换。	心儿千万颗，
天上月亮照，	结成一挂珠。

② 人文本行尾无"，"。

③ 作家本此行作"还要举起手；"；人文本行尾无"。"。

④ 作家本"磕头"作"当众"；人文本行尾无"，"。

⑤ 作家本"减租"作"胜利"。

第十三回① 请客

常说："虎要带佛珠，②

定是假行善。"

朱桂棠怕减租③

后花园里摆酒④

摆酒请那个⑤？

说请石大爷！

他摘下树上果

放进蓝妮的口：⑥

"瓜没有的个圆⑦

---

① 人文本"第十三回"作"第一三回"；作家本"第十三回"作"一三"。

② 人文本、作家本"常说"作"常言说"；人文本行尾无"，"。

③ 作家本"减租"作"挨斗，"。

④ 人文本、作家本"后花园里"作"花园里来"；作家本行尾有"。"。

⑤ 人文本、作家本"那个"作"哪个"。

⑥ 人文本以上二行改作：

他想叫蓝妮，

忘掉冤和仇：

作家本以上二行改作：

又说请蓝妮，

忘掉冤和仇：

⑦ 作家本此处有"，"。

人没有的个全①

过去我糊涂②

我对你不住③

我对你不住

咱们讲个和！"④

蓝妮假装的喜欢

就拿话挑他：⑤

"猪相公、好女婿⑥

你也喜欢我！⑦

你是金菩萨⑧

我是块石头⑨

---

① 作家本此处有"；"。

② 作家本此处有"，"。

③ 作家本"你"作"你们"，行尾有"；"。

④ 人文本以上二行作：

我的糊涂事

请你别记住。"

作家本以上二行作：

我的糊涂事，

请你们别记住。"

⑤ 人文本以上二行作：

蓝妮心已死

话也像石头：

作家本以上二行作：

蓝妮哈哈大笑

先来剌他几句：

⑥ 人文本此行作"'我的好女婿"；作家本在人文本基础上行尾增"，"。

⑦ 作家本"我！"作"穷佃户？"。

⑧ 作家本"是"作"是个"，行尾有"，"。

⑨ 作家本"我是块"作"咱们都是"，行尾有"；"。

你是玉老爷

我是土疙疸

你是好天鹅

我是癞蛤蟆①

你是穿绸的神②

我是吃菜的货③

你死也会上天④

我活也走不成路⑤

常言种大北瓜⑥

结不成葫芦⑦

栽下的是柿子⑧

长不成苹果⑨

你还是你

我还是我⑩

你也是喜欢我！⑪

我那里配的上⑫呵？”

---

① 人文本、作家本以上四行删除。

② 作家本此处有"，"。

③ 作家本此处有"；"。

④ 作家本此处有"，"。

⑤ 人文本、作家本"走不成路"作"没有路"；作家本行尾有"；"。

⑥ 作家本此处有"，"。

⑦ 作家本此处有"；"。

⑧ 人文本、作家本"是柿子"作"柿子树"；作家本行尾有"，"。

⑨ 作家本此处有"；"。

⑩ 人文本、作家本以上二行删除。

⑪ 人文本此行作"你虽说喜欢我"；作家本在人文本基础上行尾增"，"。

⑫ 人文本、作家本"那里配的上"作"也配不上"。

那猪也装的笑①

笑里一把火：

"你看天一变②

就拿话来刺我③

我看天再变④

你还会说什么⑤

你嫌的我老

你嫌的我丑

可是怎么办呵

天叫你跟的我

陪我进棺材

陪我睡黄土！"⑥

————————

① 人文本此行作"朱桂棠笑一笑"；作家本在人文本基础上行尾增","。
② 作家本此处有","。
③ 作家本此处有"；"。
④ 作家本此处有","。
⑤ 人文本、作家本行尾有"？"。
⑥ 人文本以上六行作：
你是嫌我老
你是嫌我丑
可是你别怨我
天叫你跟上我
陪我进棺材
陪我睡黄土！"
作家本以上六行作：
蓝妮你在这里，
经过几天黑屋，
可是你别怨我，
因为没有交租；
你们要不交租，
我还能吃什么？"

他把红布一抖①

抖出来大老虎②

老虎是什么？

大洋钱一小柱：

"这是钱③

钱不多④

你拿去⑤

留给你爹喝酒⑥

我和石大爷⑦

两人要互相扶⑧

好比亲戚花⑨

好比朋友树⑩

不能烧起火⑪

叫外人来加油！"

蓝妮心上骂，

---

① 作家本此处有"，"。
② 作家本"大老虎"作"几只老虎；"。
③ 作家本此处有"，"。
④ 作家本此处有"；"。
⑤ 人文本此行作"送给你爹吧"；作家本在人文本基础上行尾增"，"。
⑥ 人文本此行作"给他去喝酒"；作家本在人文本基础上行尾增"；"。
⑦ 作家本此处有"，"。
⑧ 作家本此处有"；"。
⑨ 作家本"亲戚花"作"藤萝花，"。
⑩ 作家本此处有"；"。
⑪ 作家本"烧起火"作"点起火，"。

嘴上笑：①

"他我管不住

他是共产党

东跑海、西跑洋

跑的是天下

他要喝酒

喝他自个。"②

"哼！他也成了精，

他成精还有神管，

天变不了

山塌不了

---

① 人文本以上二行作：
蓝妮心已死
话也像石头：
作家本以上二行作：
蓝妮来到这里，
是来大闹一场：
② 人文本以上六行作：
"我家石大爷
他是共产党
他要和你算账
不要你的银洋
要交的朋友
也不是朱桂堂。"
作家本以上六行作：
"我家石大爷，
他是共产党；
他来和你算账，
不是要你的银洋；
他要交的朋友，
不是你这条狼。"

海干不了

朱桂棠有神扶

不怕猴子斗

骑驴看唱本

咱们走的看

看阎锡山马一回

看他给磕头？"①

朱桂棠一家店铺，

卖的两样货。②

---

① 人文本自"'哼！他也成了精，'"至此十一行改作八行：

朱桂堂脸一黑

身上直打抖：

"我有神来保佑

不怕猴子斗

骑驴看唱本

咱们走着看

阎锡山马一回

谁敢不伺候我？"

作家本以上十一行改作八行：

朱桂堂脸一黑，

身上直打抖：

"我有神来保佑，

不怕猴子斗；

骑驴看唱本，

咱们走着看，

国民党马一回，

你们往哪儿走？"

② 人文本以上二行作：

圆圆的月亮

挂在树梢上。

作家本以上二行作：

圆圆的月亮，

挂在树梢上。

他一手卖硬

又一手卖软。

大老婆温上酒

羊骨头排进碗①

老石到的门上②

没进门唱的说：③

"他说是请客④

我看是请主⑤

没有我老石⑥

天上掉不下酒⑦

我来阎王殿

我要收魂去！"⑧

---

① 人文本、作家本以上四行删除。

② 人文本此行作"老石来到门上"；作家本此行作"石头呵也在笑，"。

③ 人文本此行作"没进门唱着说："；作家本此行作"笑着唱唱着说："。

④ 作家本"他"作"你"，行尾有"，"。

⑤ 人文本"请主"作"不知羞"；作家本此行增改作三行：

我看不知羞；

咱们父女两个，

来和你把账算。

⑥ 作家本此处有"，"。

⑦ 作家本此处有"；"。

⑧ 人文本以上二行增改作四行：

老石一把刀

要把仇来报

老石一双手

要把天来换。"

作家本以上二行增改作四行：

老石一双手，

要把天来换；

老石一把刀，

要来报冤仇！"

桂棠摆好酒

摆的羊骨头

一张圆桌上

人从两边坐

一个笑的假

一个是假笑：①

"吃上一天②

算一天福③

穿上一天④

算一天禄⑤

咱这古董人

他有青铜嘴

加上黄铜舌

也说咱不服

吃、吃、喝、喝

---

① 人文本以上六行删改作四行：
朱桂堂摆好酒
摆的羊骨头
摆酒请哪个？
说是请石大哥：
作家本以上六行删改作四行：
朱桂堂摆好酒，
摆的是羊骨头；
摆酒请哪个？
说是请石大哥：
② 人文本、作家本"吃"作"能吃"；作家本行尾有"，"。
③ 人文本、作家本"算"作"就算"；作家本行尾有"；"。
④ 人文本、作家本"穿"作"能穿"；作家本行尾有"，"。
⑤ 人文本、作家本"算"作"就算"；作家本行尾有"；"。

不吃就喝

不喝就吃

肉虽不算多

还有几两酒。"①

蓝妮旁边站

抱着孩子说：

"爹就喝两口酒

这也不怕卖闺女。"

老石喝一口酒

要挟羊骨头

哪知掉了又挟

挟了又掉进碗？

"蓝妮你是猪

你是猪

你是猪

咱喂你吃食

你还要吃我

---

① 人文本自"咱这古董人"至此九行删改作四行：
不想吃就喝
不想喝就吃
肉虽不算多
还有几两油。"
作家本以上九行删改作四行：
不想吃就喝，
不想喝就吃；
肉虽不算多，
还有几两油。"

喂的你一饱肚

你也乱砸舌头

我看你是该杀的货

杀了你、杀了你

还要晒两天日头

晒晒你那黑毛

晒晒你那黑心肠

晒晒你那黑骨头

别看我骂你

今天骂不完。

你跟我回家去！"①

---

① 人文本自"蓝妮旁边站"至此二十四行改作十八行：

老石抓起酒碗　　　　尸首要见日头

往半空中一丢：　　　晒一晒黑心肠

"别叫我石大哥　　　　晒一晒黑骨头

别请我来喝酒　　　　我呵石大爷

枪在你的身　　　　　不是来喝酒

刀在我的手　　　　　一颗心一把刀

不是我杀你　　　　　我要来接闺女

就是你杀我　　　　　蓝妮呵好女儿

杀了你还不算　　　　快跟我回家去！"

作家本以上二十四行改作十八行：

老石抓起酒碗，　　　尸首要见日头；

往桌面上一丢：　　　晒一晒黑心肠，

"别叫我石大哥，　　　晒一晒黑骨头。

别请我来喝酒。　　　我呵石大爷，

枪在你的身，　　　　不是来喝酒，

刀在我的手；　　　　一颗心一把刀

不是我杀你，　　　　倒倒咱的苦水；

就是你杀我；　　　　一把刀一张口，

杀了这还不算，　　　诉诉咱的冤仇！"

第十四回^①　摆理

五里村大庙上，^②
苦人^③大倒苦。

金不换、石不烂^④
两个赶车手^⑤
爬上那庙楼^⑥
打起钟和鼓^⑦
两个赶车手^⑧
各在一边站^⑨
老金打的钟^⑩
钟也要上天^⑪

---

① 人文本"第十四回"作"第一四回"；作家本"第十四回"作"一四"。
② 作家本"五里村"作"石头村"；人文本行尾无"，"。
③ 作家本"苦人"作"苦人来"。
④ 人文本、作家本行中"、"作"，"；作家本行尾有"，"。
⑤ 人文本、作家本"两个"作"两位"；作家本行尾有"，"。
⑥ 人文本、作家本"那庙楼"作"钟鼓楼"；作家本行尾有"，"。
⑦ 作家本此处有"；"。
⑧ 人文本、作家本"两个"作"两位"；作家本行尾有"，"。
⑨ 作家本此处有"；"。
⑩ 作家本此处有"，"。
⑪ 作家本此处有"；"。

老石打的鼓 ①

鼓也要下地 ②

天和地之间

钟鼓要做大风

吹个水落石出。③

— ④

有人说：

"要吃应心饭

自己下手端

你要有地种

---

① 作家本此处有"，"。

② 作家本此处有"。"。

③ 人文本以上三行增改作六行：

在天地之间

群众在狂呼

牛棚和草舍

升起了红旗

无数的群众

响起了脚步。

作家本以上三行增改作六行：

天和地的中间，

群众在狂呼。

牛棚和草舍，

升起了红旗。

无数的群众，

响起了脚步。

④ 人文本、作家本"—"删除。

自己出来门

有冤诉冤

有仇诉仇

挺起腰、睁开心

死也要抬头！"

有人说：

"割掉长舌头

赶走溜沟贼

不怕老阎

不怕报复

有眼要长珠

有心要长直

铁嘴铁手

扯破纸老虎！"①

有人说：②

"改朝换代了③

天晴露日了④

---

① 人文本、作家本自"有人说："至此二节十八行删除。

② 人文本、作家本此行作"群众在狂呼——"。

③ 人文本、作家本此节无引号；作家本行尾有","。

④ 作家本此处有"；"。

抬起头来呀 ①

迎上阳光走 ②

纸包不住火 ③

雪埋不住人 ④

灰鬼 ⑤ 一手

遮不住红日 ⑥

往后的天下 ⑦

人民自己做主！" ⑧

有人说：

"有冤不报

时辰不到

时辰到了

冤气要吐，

---

① 作家本此处有"，"。
② 作家本此处有"；"；人文本此行下增二行：
毛主席的政策
来到咱门口
作家本此行下增二行：
毛主席的政策，
来到咱门口；
③ 作家本此处有"，"。
④ 作家本此处有"；"。
⑤ 人文本、作家本"灰鬼"作"灰鬼们"。
⑥ 人文本、作家本"红日"作"天日"；作家本行尾有"；"。
⑦ 作家本此处有"，"。
⑧ 人文本、作家本此行作"咱们要做主！"。

八月十五

今天大喜日

晚上看明月

好节好好过！"

有人说：

"哼！灰鬼们

你搬石头

搬下的石头

打自己的头

人不到死

自己就挖坟墓

人不到死

自己就爬进土。"①

---

① 人文本自"有人说："至此二节十八行改作二节九行：

群众在狂呼——　　　　群众在狂呼——
有眼要长珠　　　　　　挺起腰睁起眼
有心要长直　　　　　　活着要头抬起
你要有自由　　　　　　死也要抬头
自己出来斗！

作家本以上二节十八行作：

群众在狂呼——　　　　群众在狂呼——
有眼要长珠，　　　　　挺起腰睁起眼，
有心要长直；　　　　　活着要头抬起，
你要有自由，　　　　　死也要抬头！
自己出来斗！

有人说：①

"伙计！人活着②

就得硬一些③

你越怕人④

他越吓你⑤

他喝你的血⑥

还咬你的骨头⑦

你要不斗⑧

就没你的路。"⑨

有人说：

"血拌着粮食

给了地主

泪拌着糠菜

自己用点

这还叫世界？

世道还不该换？

① 人文本、作家本此行作"群众在狂呼——"。
② 人文本、作家本此行作"'伙计！人活着，"。
③ 作家本此处有"；"。
④ 人文本、作家本"怕人"作"是怕他"；作家本行尾有"，"。
⑤ 人文本、作家本"吓你"作"要吓你"；作家本行尾有"；"。
⑥ 作家本"喝"作"喝了"，行尾有"，"。
⑦ 作家本此处有"；"。
⑧ 人文本此行作"要是你不斗"；作家本此行作"要是你不斗他，"。
⑨ 人文本、作家本此行作"哪有你的路走！"。

他要赔我的人

还我的血

吃下的高租

要给我往回吐！"①

有人说：②

"千辈受

万辈受③

已经受到头④

再也不做牲口⑤

嘴上带笼套⑥

死也要摆理⑦

要打开账本⑧

好好算一算！"⑨

有人说：

"咱们穷小子

---

① 人文本、作家本以上一节十一行删除。

② 人文本、作家本此行作"群众在狂呼——"。

③ 人文本以上二行合为一行"千辈受万辈受"；作家本在人文本基础上行尾增"，"。

④ 作家本此处有"；"。

⑤ 作家本此行作"死也要说说理，"。

⑥ 人文本、作家本此行删除。

⑦ 人文本"摆理"作"说说理"；作家本此行作"再也不做牲口；"。

⑧ 作家本此处有"，"。

⑨ 人文本、作家本此节无引号。

命不值钱

那怕今日

他还回我钱

我穿了衣裳

明天杀了头

我也愿意

先要钱先穿衣服。"

有人说：

"一根棍、一折两断

两根棍

要折就费手

三根、四根

更是没法办

受苦的人

站在一边

有福要同享

有祸要同当！"

有人说：

"中贫农是一家

团结起来力量大

人多心又齐

天塌也不怕

堆高岗

平大崖

二崖不动

还沾点坷拉。"①

二 ②

冤有头

债有主

东嚷西又嚷

嚷成一锅粥

张苦人、李苦人

农民一窝蜂

走也来不及

涌进庙门口

有的背口袋

有的扛着斗

有的手打天

---

① 人文本、作家本以上三节二十八行删除。
② 人文本、作家本无"二"。

有的手拍地 ①

老金和老石 ②

两个赶车手 ③

一个把粗的抱住

走下庙楼心平气直

一个手拿鱼儿刀

走下庙楼眉毛像飞

两个人肩并肩

走在人头前 ④

一个是主席 ⑤

一个是纠察 ⑥

好比两枝蜡烛 ⑦

---

① 人文本自"冤有头"至此十二行删改作四行：
冤有头，债有主
冤和仇，要清算
群众一窝蜂
涌进庙门口
作家本以上十二行删改作四行：
冤有头，债有主，
冤和仇，要清算。
群众一窝蜂，
涌进庙门口。
② 作家本此处有","。
③ 人文本、作家本"两个"作"两位"；作家本行尾有","。
④ 人文本、作家本以上六行删除。
⑤ 作家本此处有","。
⑥ 作家本"纠察"作"助手,"。
⑦ 作家本此处有","。

脸上红光抖抖 ①

好比两匹红马 ②

拉的一挂车走 ③

众人好比是弓 ④

他俩好比是箭 ⑤

箭已插在弦上 ⑥

马上就要射出。

金不换大喊:

"摆理摆理呵

一天摆不清

摆两天

两天摆不清

摆三天

摆个黄河水澄清。"

石不烂高唱:

"来的好、来的欢

救国菩萨到门口

衙门遍地开

① 作家本此处有";"。

② 作家本此处有","。

③ 人文本、作家本"拉的"作"拉着";作家本行尾有";"。

④ 作家本此处有","。

⑤ 作家本此处有";"。

⑥ 作家本此处有","。

清官四处走

毛主席的政策

住到咱们家里呵

好比那红日头

天天照的人红呵！" ①

三 ②

朱桂棠他心上 ③

不怕也是怕 ④

朱桂棠他嘴上 ⑤

怕也是不怕 ⑥

板的脸、脸灰灰

歪的眼、上下转 ⑦

他说：

---

① 人文本、作家本自"金不换大喊："至此十六行删除。
② 人文本、作家本无"三"。
③ 作家本此处有"，"。
④ 人文本、作家本"不怕"作"不说怕"；作家本行尾有"；"。
⑤ 作家本此处有"，"。
⑥ 人文本、作家本"不怕"作"不说怕"；作家本行尾有"；"。
⑦ 人文本以上二行作：
板的脸，脸灰灰
歪的眼，上下转。
作家本以上二行作：
板的脸一脸灰灰，
歪的眼上下转。

"减了我的租

我就得搬家

我就得拆楼。"

又说："不讲良心,

也得讲讲文书。"

他那大老婆

又卖笑、又装哭

活活是妖精

拍起一双手:

"天呵、我的天呵

你们也敢造反?"①

老石开了口:

"猪摘花、猪女婿

---

① 人文本自"他说:"至此十二行删改作六行:

他那大老婆

张开一双手

挡着朱桂棠

生怕他挨了揍:

"你们不讲良心

也不讲讲文书?"

作家本以上十二行删改作六行:

他那个母老虎,

张开一双手,

挡着朱桂棠,

生怕他挨了揍:

"你们不讲良心,

也不讲讲文书?"

我的混账亲家①

毛主席叫咱翻身②

你心上不好受？

你不满意咱满意③

咱心上又舒服④

别笑我脸上肉粗⑤

别笑我衣裳破⑥

弄好世道看你笑⑦

看你笑？还是哭⑧？"

风连风、雨连雨

人连人、口连口：

"猪相公、对不住

文书该换换：

不换你的文书

就换你的骨头

或向东、或向西

你自己挑的走！"

---

① 人文本、作家本以上二行除前引号外删除。

② 作家本此处有"，"。

③ 作家本此处有"，"。

④ 人文本、作家本"又"作"可"；作家本行尾有"。"。

⑤ 人文本、作家本"脸上肉粗"作"是老粗"；作家本行尾有"，"。

⑥ 作家本此处有"；"。

⑦ 人文本、作家本"看你笑"作"你看看"；作家本行尾有"，"。

⑧ 人文本、作家本"还是哭"作"看你哭"。

有人喊：

"老头骨不值钱

老脸一钱不值

割下老脸来

搽上粉也是臭

他要耍耍骨头

咱们就耍手！"

朱桂棠装糊涂，

不吃硬也不吃软。①

老金开了口：②

"老东西你别作老梦③

你别装糊涂④

你装的是柿子⑤

咱就摘的吃⑥

你装的是核桃⑦

咱就砸的吃⑧

---

① 人文本、作家本自"风连风、雨连雨"至此十七行删除。
② 人文本、作家本此行作"老金也开了口："。
③ 人文本、作家本"老东西"删除；作家本行尾有","。
④ 作家本此处有"；"。
⑤ 作家本此处有","。
⑥ 人文本、作家本"摘的"作"摘着"；作家本行尾有"；"。
⑦ 作家本此处有","。
⑧ 人文本、作家本"砸的"作"砸着"；作家本行尾有"；"。

多少年种的树

不能由你要由大伙！"①

蓝妮气不过②

三步并一步③

伸出一只手④

直指朱桂棠的口⑤：

"你吃下多少人

你还不想吐

我要你赔人

赔人！赔人！赔人！"⑥

---

① 人文本以上二行作：
你要不换文书
就换你那骨头！"
作家本以上二行作：
你要不交文书，
就交你那骨头！"
② 作家本"气不过"作"更气不过"。
③ 作家本"并"作"合为"，行尾有"；"。
④ 作家本"一只手"作"一只手来，"。
⑤ 人文本无"的口"；作家本"的口"作"说"。
⑥ 人文本以上四行作：
"你吞下血汗
你还不想吐
我要你赔人
要你的骨头！"
作家本以上四行作：
"吞下多少血汗，
你还觉着不够？
我要你来赔人，
要敲你的骨头！"

四①

忽然人缝里，

二黑装鬼说：

"哪个朝廷不纳粮，

不纳款？闹什么？"

他哪知

伸出一只手

挨到一铁掌？

石不烂一跳：

"朱二黑、你找事

你腿长

你嘴厚

来给大伙磕头！

溜老财的货

老财吃的多

你说福大量大

咱吃的多了

你说是饿嗓子穷肚？"

朱二黑跪下地，

磕头如捣蒜：

① 人文本、作家本无"四"。

"我好舐屁股

还摸不上那

别人舐的光

我就叫顶住。"

董婆婆吓的慌

也装的喜欢:

"石大爷骂的好,

再好也没有。"

老石头一转

好笑又好气:

"臭婆娘

成天说

不吃饭也饿不倒

也有你的喜欢?"①

① 人文本此节与上节合为一节并修改作:
朱二黑跪下地
磕头如捣蒜。
董婆婆吓的慌
她也假装喜欢:
"石大爷骂的好
再好也没有。"
作家本此节与上节合为一节并修改作:
朱二黑跪下地,
磕头如捣蒜。
母老虎到这时,
这才假装喜欢:
"石大爷骂的好
再好也没有。"

五①

老金笑一笑②

手上拿的新约③

新约几百张④

张张换的新⑤

约上的手印⑥

红又红⑦

好比老年人⑧

老来还童⑨

老石叫的欢⑩

牙关不进口⑪

---

① 人文本、作家本无"五"。

② 作家本此处有","。

③ 人文本"新约"作"租约";作家本"新约"作"文书;"。

④ 作家本此处有","。

⑤ 作家本此处有"。"。

⑥ 人文本、作家本"约上"作"纸上";作家本行尾有","。

⑦ 作家本、人文本"红又红"作"红上又加红";作家本行尾有";"。

⑧ 作家本此处有","。

⑨ 人文本、作家本"还童"作"又还童";作家本行尾有"。"。

⑩ 作家本"叫的欢"作"唱的欢,"。

⑪ 人文本"口"作"咀";作家本此行作"山歌唱上天;"。

他扛起大红旗 ①

红旗飘上天 ②

大红旗子上 ③

十个大字是：

"恭贺大德望 ④

八路军万岁！"

六 ⑤

八月十五 ⑥

受苦人大喜日 ⑦

减租翻身 ⑧

买布又买酒 ⑨

喝完酒 ⑩

---

① 作家本此处有"，"。
② 作家本此处有"。"。
③ 作家本此处有"，"。
④ 作家本此处有"，"，注"这是群众的说法，指有威望的意思。"。
⑤ 人文本、作家本无"六"。
⑥ 作家本此行作"八月十五日，"。
⑦ 作家本此处有"；"。
⑧ 人文本此行作"减租翻了身"；作家本此行作"斗争翻了身，"。
⑨ 作家本此处有"。"。
⑩ 作家本此处有"，"。

抬起头^①

一伙一伙人^②

往农会里走^③

农会的名字^④

好比换天花^⑤

又香又红^⑥

人人想挂在胸上^⑦

只要天下农民^⑧

一条心^⑨

一个头^⑩

就能顶起天走^⑪

① 作家本此处有"；"。
② 作家本此处有"，"。
③ 作家本行尾有"。"；人文本、作家本以上四行自成一节。
④ 作家本此处有"，"。
⑤ 人文本、作家本"换天"作"翻身"；作家本行尾有"；"。
⑥ 人文本此行作"开在咱心上"；作家本在人文本基础上行尾增"，"。
⑦ 人文本此行作"插在咱门口"；作家本在人文本基础上行尾增"。"。
⑧ 人文本、作家本"农民"作"人民"；作家本行尾有"，"。
⑨ 作家本此处有"，"。
⑩ 人文本此行作"一条路"；作家本在人文本基础上行尾增"，"。
⑪ 人文本、作家本"顶起"作"顶着"；人文本、作家本行尾有"！"。

第十五回^①　蓝妮誓言

赶车传收场说：^②

"天下受苦人，请走翻身路！"

八月十五日^③

月圆人也圆^④

这一晚^⑤

老石一家人^⑥

烧的翻身香^⑦

拜的大恩人^⑧

一张小桌上^⑨

点的两枝烛^⑩

---

① 人文本"第十五回"作"第一五回"；作家本"第十五回"作"一五"。

② 人文本此行作《赶车传》收场说："；作家本此行作"《赶车传》第一部说："。

③ 作家本此处有"，"。

④ 作家本此处有"。"。

⑤ 作家本此行作"这一个晚上，"。

⑥ 作家本此处有"，"。

⑦ 作家本此行作"欢欢喜喜唱，"。

⑧ 人文本此行作"欢迎共产党"；作家本此行作"欢呼共产党；"。

⑨ 作家本"一张"作"一个"，行尾有"，"。

⑩ 作家本此行作"摆的海棠果；"。

一张大桌上①

摆的团圆酒②

团圆酒边③

蓝妮好欢喜④

梦也没梦过⑤

想也没想过⑥

死去活来⑦

也⑧有今日！

她换的红衣裳

要闹一闹烘火

头上红辫子

又添了一小个⑨

---

① 作家本"一张"作"一个"，行尾有","。
② 作家本此处有"；"。
③ 人文本此行作"蓝妮多漂亮"；作家本在人文本基础上行尾增","。
④ 人文本、作家本"欢喜"作"喜欢"；作家本行尾有","。
⑤ 作家本此行作"梦了多少日，"。
⑥ 作家本此行作"想了多少日，"。
⑦ 作家本此处有","。
⑧ 作家本"也"作"才"。
⑨ 人文本以上四行删改作二行：
她像是石榴花
一身上红溜溜
作家本以上四行改作：
苦海里的苦树，
象是红的石榴；
她象石榴花，
一身上红溜溜；

两根小红辫①

一搭左、一搭右②

笑上加笑③

喜上加④喜说：

"古树开花⑤

世界真是大换⑥

谢谢毛主席⑦

谢谢大伙⑧

救下我蓝妮⑨

蓝妮重做了人⑩

重做了人⑪

不再做石头⑫

重做了人

不做封建人

我要重念书

---

① 作家本"红辫"作"红辫子，"。
② 人文本行中"、"作"，"；作家行中本无"、"，行尾有"；"。
③ 人文本、作家本"加"作"又加"；作家本行尾有"，"。
④ 人文本、作家本"加"作"又加"。
⑤ 人文本此行作"枯树开了花"；作家本在人文本基础上行尾增"，"。
⑥ 作家本此处有"；"。
⑦ 作家本此处有"，"。
⑧ 人文本、作家本"大伙"作"金大叔"；作家本行尾有"；"。
⑨ 作家本此处有"，"。
⑩ 人文本、作家本"重做"作"重新做"；作家本行尾有"。"。
⑪ 人文本、作家本"重做"作"重新做"；作家本行尾有"，"。
⑫ 作家本此处有"；"。

重种庄稼

重做一个闺女！"①

金大叔一笑②

望的他说：③

"算你是女闺④

闺女不是尼姑⑤

---

① 人文本以上五行改作十行：
重新做了人
要做女干部
我要重念书
重做一个闺女
用劳动的果子
盖一座新的楼
工人和农民
大伙一块住
我姓石的闺女
要找个好女婿。"
作家本以上五行改作十行：
重新做了人，
要做女干部；
我要把果树种，
我还要来读书，
把劳动的果子，
献给毛主席，
献给咱们边区，
献给大家伙。
我姓石的闺女，
要找个好女婿。"
② 作家本此行作"金大叔直是乐："。
③ 人文本此行作"望着蓝妮说："；作家本此行作"紧望着蓝妮说："。
④ 人文本"女闺"作"闺女"。
⑤ 作家本以上二行作：
"好蓝妮、好闺女，
你不再是苦树；

这一回

讲自由①

大家做媒婆②

重给你说③女婿。"

石大爷捧的酒

满心欢、满脸欢：④

"提起这个事⑤

怪我老糊涂⑥

喝一口酒⑦

忘千口事⑧

忘的给蓝妮⑨

---

① 人文本以上二行作：

这一回讲平等

这一回讲自由

作家本以上二行作：

这一回讲平等，

这一回讲自由，

② 作家本此处有"，"。

③ 人文本、作家本"重给你说"作"给你说个"。

④ 人文本以上二行作：

石不烂捧着酒

满心喜，满脸欢：

作家本以上二行作：

石不烂捧着酒，

满心喜，满脸欢：

⑤ 人文本、作家本"这个"作"这件"；作家本行尾有"，"。

⑥ 作家本"老糊涂"作"真糊涂；"。

⑦ 人文本、作家本"喝"作"喝了"；作家本行尾有"，"。

⑧ 人文本"忘"作"忘了"；作家本此行作"忘了谈家务；"。

⑨ 作家本"忘的"作"忘了"。

重说一个伴 ①

蓝妮你也别愁

这一回讲民主

我给你找个人

姓名也找好的

不姓猪、不姓狗

也不姓天

也不姓地

也不姓山

也不姓水

也不姓金

也不姓石

要他姓共

姓共的人也多

只能找一个

常言天要配地

山要配水

金要配玉

我给你找的人

也要配你的住

他要会打枪

---

① 人文本此行作"找个好女婿";作家本在人文本基础上行尾增"。"。

他要是个兵

他要不是仇人

该是一个同志

蓝妮你说对不？"①

---

① 人文本自"蓝妮你也别愁"至此二十四行改作：

蓝妮呵你是　　　　　筑成一条大路

老百姓的珍珠　　　　要赶一挂车

蓝妮呵你是　　　　　同生死共甘苦

村里的石榴树　　　　我给你找的人

长在泥土上　　　　　也要配得你住

却不是泥土　　　　　他要会打枪

女儿好女儿　　　　　他要会种地

蓝妮好蓝妮　　　　　他要会开山

我给你找个人　　　　他要会赶车

姓名也找好的　　　　他不该是仇人

要他姓金吧　　　　　该是一个同志

翻了身的人　　　　　该是一轮太阳

还要往前走　　　　　照着你这棵树！"

要用钢和铁

作家本以上二十四行改作：

蓝妮呵，你是　　　　咱们可得记住。

老百姓的珍珠；　　　翻了身的人呵，

蓝妮呵，你是　　　　要走一条大路；

村里的果子树；　　　要赶一挂车，

长在泥土上，　　　　同生死共甘苦。

并不是泥土。　　　　我给你找的人，

女儿好女儿，　　　　也要配得你住；

蓝妮好蓝妮，　　　　他要会打枪，

我给你找个人，　　　他要会种地，

姓名也找好的；　　　他要会开山，

要他姓金吧，　　　　他要会赶车，

就找金娃吧。　　　　他不该是仇人，

翻了身的人呵，　　　该是一个同志，

还要往前走去，　　　该是一颗星呀，

豺狼还在石堡，　　　照着你这棵树！"

蓝妮抬起头 ①

又是笑、笑的答： ②

"不知我说的话 ③

错不错 ④

这一回、这一回 ⑤

我要自己找朋友 ⑥

不找白脸郎 ⑦

不找黑心鬼 ⑧

我要找的朋友 ⑨

报仇的时候 ⑩

他要和我同去 ⑪

报恩的时候 ⑫

他要和我同走 ⑬

好比搭一挂车

---

① 作家本此处有","。
② 人文本、作家本此行作"又是笑，笑着答："。
③ 作家本此处有","。
④ 人文本、作家本此行作"有没有错误？"。
⑤ 人文本、作家本行中"、"作"，"；作家本行尾有","。
⑥ 人文本此行作"我要找的朋友"；作家本在人文本基础上行尾增","。
⑦ 作家本此处有","。
⑧ 作家本此处有"；"。
⑨ 作家本此处有","。
⑩ 人文本此行作"打伏的时候"；作家本在人文本基础上行尾增","。
⑪ 作家本此处有"；"。
⑫ 人文本此行作"劳动的时候"；作家本在人文本基础上行尾增","。
⑬ 作家本此处有"。"。

　　　　同过山、同过水

　　　　同走毛主席的路！ ①

　　　　　　　　　　　　　　　　一九四六年发表，

　　　　　　　　　　　　一九四八·九·二一修改。②

────────

①人文本以上三行增改作四行：

好兄弟，改姐妹

都来搭一挂车

同过山，同过水

同走毛主席的路！"

作家本以上三行增改作六行：

好兄弟，改姐妹，

都来搭一挂车，

同过山，同过水，

同走一条大路，

跟着咱的毛主席，

往那乐园走去！"

②人文本、作家本此处作：

　　　　1946 年发表于张家口

1953 年 9 月第二次修改于北京

附录
《长城》初刊本
赶车（又名《减租记》）

第一章　逼婚

常言道：

"种荞麦

十年九不收"

董长海一家四口

种的五亩地

稀格朗朗

只收三斗半

他拾起麦秸

满脸发愁说：

"蓝妮、上车，

把麦秸接上去"

蓝妮年十九

瘦小的身腰

立在车上

好比一只斑鸠

飞落到树头

她口小手巧

眼睛像珍珠

脸像葡萄

半红半黑

她脚穿大红鞋

身穿浅蓝褂裤

她虽生在穷户

长的倒像璧玉

爹抱来麦秸

她铺麦秸

一捆、一捆

轻轻地

铺在大车上

天将晚：

太阳挂山坡

蓝妮心想

"爹爹该回村喽"

长海拉拉车

套好了车

正要赶着车走

迎面跑来二黑

二黑这灰货

抹抹胡须说：

"恭贺长海哥

咱也该喝杯喜酒"

长海苦笑一下

瞪着眼答道：

"打不够租

咱一家人请死

说甚也不卖

咱这个闺女"

"说的哪儿去

要是蓝妮

嫁了老东家

也是缘份也是福"

董二黑

一刀两面

先是劝

后是逼

他临走时

再嘱咐一句：

"朱桂堂

早烧了酒

杀了肥猪

这一两日

就要接蓝妮

上他家里住"

蓝妮闻言

伏在车头大哭

长海赶着车

两眼红溜溜

第二章　告状

盂县城

像花盆

盆小

栽不住花

长的尽是草。

长海走进城

好容易呵

进了衙门

两腿跪下哀求道：

"老爷开开恩

朱桂堂仗势欺人

一两日要抢亲"

老爷一觉刚醒

坐到椅上

打着哈欠问：

"你交了租么？"

长海答道：

"今年歉收

本想卖车卖牛

也把租交够

可是东家不要租

就是要咱的闺女"

老爷问：

"你家中

还有些甚"

长海答：

"有四口人

有两间房

有一辆车

有一头牛"

老爷问：

"哪四口人"

长海答：

"一爹一娘

我和闺女"

老爷又问：
"闺女叫甚
长的美丑"

长海又答：
"闺女叫蓝妮
今年十九
不瞒老爷说
长的不算丑"

老爷哈声大笑
压住长海：
"算了算了
不许你再说

过一两日
我也要下乡
去吃朱桂堂
这一杯喜酒
酒席上
再看看

你的闺女"

他话一说完
咚咚退了堂
两个差役
顺手赶出长海

差役道：
"衙门是钱袋
无钱莫进来"

第三章 赶车

九月九

有人喜

有人哭

九月九

有人欢

有人愁

哭声之中

董长海

扶住车眼红红

人也

不愿走

车也

不愿走

穷人的车

装的泪

载的仇

好比薰心雾

又淋□雨

难走难走

难走难走

走也愁

不走也愁

正月正呵

——冤仇易结

不易割断

"走呀不走"

问天天不答

天一片黑

"走呀不走"

问地地不理

地一片灰

"走呀不走"

问自己的心

心上一把刀

绞在胸口

我要我要
劈开胸口
掏出心里刀
砍下
他的狗头

朱桂堂你个狗
霸占我闺女
还要叫我董长海
亲自送来
送进大门去

哭声之中
人和车
滚来滚去

哭声之中
人和车
慢慢的走

哭声之中

猛然一响

好比一声雷

"轰！轰！"

蓝妮跌下地

长海不愿哭

哭在心里

这时间

泪也从心里

朝外面流

他揩揩泪

把蓝妮扶住

"蓝妮到了朱家

不愁吃和穿"

二黑嘴尖

接上嘴：

"这是缘份

这是福

难得的大喜"

一辆破的车

扎上一块破的

红的布

叮叮咚咚

由村东往村西走

第四章　进门

朱桂堂四十五岁

长脸歪嘴

鹰鼻虎眉

灰白的胡髭

翘在嘴唇两边

他有的地

五六顷

好比蜘蛛网

那地连地

一望无边

他有的佃户

好比箱子里

藏的珠子

一串一串

拴在一起

俗话说

"山高皇帝远"

朱桂堂在这儿

一手遮了天

成了二老爷

董家寨村西

他盖的房院

好像一片

黑黑的云

盖了半个天

高门大院

明窗暖窑

香香色色

花花少少

第一道门

是走车大门

左有拴马石

右有高围墙

大门上

铁钉如星

高围墙

白灰灌浆

卧砖到顶

第二道门

是楼门

门头上雕的是

二龙抢珠

珠抹的红

龙涂的金

二门里

有花盆

牡丹、荷花

无花果、□树

七红八绿

西边是厢房

玻璃窗

白晃晃

竹门帘

绿苍苍

屋里的墙上
挂的四幅画
一幅画：
凤凰展翅飞
一幅画：
荷花水上漂
一幅画：
俊鸟落树头
一幅画：
梅花含雪笑

长海踏上门
进了又退
退了又进
两眼昏花
两脚打颤

门那样高
他摸不见门
门那样亮
他望见
门里一片黑

长海进了门

好像进了牢

蓝妮进了门

好像进了庙

长海的眼

红里发白

蓝妮的眼

白里发红

但是二黑

进了门

大叫道:

"老东家,

讨喜、讨喜!"

第五章　吃酒

靠南厢房里

朱桂堂

勉勉强强

大碟小碗

摆了一席酒

他和大老婆

二人坐席上

长海坐一席

蓝妮坐二席

二黑坐下席

掌着酒壶

来回斟酒

大老婆呀，

今日也像新娘

换的淡绿衣裳

金的耳坠子
粉粉白的脸
像要争风吃醋

蓝妮低下头
桃花小眼
挂着泪珠
半娇半怒
又恨又羞
好比紫葡萄
快要落下树

长海红着脸
红着两眼
黑的胡髭
好比乱草上
含着露珠
他醉中喊道：
“王县长，来，来，
我要砍你头”

大老婆噘噘口
“恶兆恶兆”

二黑也说

长海穷肚子

饿嗓子

吃了点酒

他又想发疯

酒凉人散去

桌上突突地

跳着一只花猫

这像是讽刺

酒请的不好

灯光下

蓝妮轻悄悄

叫醒长海

"爹要小心

老东家

要发脾气了"

第六章　看戏

这年八月十五
菊花红、石榴红
南烟镇上
戏也唱的红

朱家一家人
都去看戏
好好套上
那红漆大车
长海赶的车

他来赶车
车赶的稳
车轮沙沙
骡铃叮叮

漆红的车上
红褂闪闪

绿袖飘飘

好比蜻蜓点水

近看像花

远看像云

镇上的戏楼

也是红柱绿顶

歌舞亭三字

字字漆了金

长海说：

"今儿的戏

敢许好哩"

东家说：

"兔子的尾巴

长不了

好不到哪儿"

台上台下

人山人海

红军的戏

好比红灯

照红人心

长海看戏
越看越入神
戏入他的心
东家看戏
越看越纳闷
戏刺他的眼睛

他陡的一声，说：
"看了这戏
人要得病"
叫套车回村

可是呵！今夜月光好
分外的明
撒上一天银
长海的胡髭
也像是抹上银
银银价亮
也像地里莜麦
风吹的呼呼价响

月亮一路照

长海一路笑

"红军说减租

数这说得好"

第七章 跳墙

桂堂回到家

心里咕叨

戏看的不妙

半夜睡不着觉

他的老毛病

又上来了

兽欲似虎

全身扑扑

向墙上一跳

黑妮家爹

看戏还未回

女儿滚上炕

半醒半睡

门户半开

窗子半吊起来

她对摘花

倒是个

半恨半爱

摘花半推门

"黑妮，快开门！"

那个大闺女

笑答道

"爹回来了"

墙内月光银白

向摘花冷笑

摘花敞开怀

白的裤腰上

露出铜柄小刀

黑妮拉开门

有个大人影

他好比饿虎

把黑妮一咬

这一枝花

又被摘了

摘花的人

心好狠

手多巧

破的毛毡上

红的血

像是一盆火

熊熊地烧着

灰的墙壁

红漆的木柜

柜上铜佛爷

都像烧成灰

天半亮时

老汉回家了

抬头一望

黑妮上了吊

第八章　闹倒

长海回到家

喝半夜酒

作半夜梦

他唱头半碗酒

心中滚着酒

酒转心转：

"朱桂堂

寨上王

树大根深

割了拔了

他还要长"

他喝完酒

心中酒发烧

酒翻心翻：

"朱桂堂

寨上王

吃的是

寨上的人

喝的是

寨上的血

他好比狼

若要不打

人要吃光"

破窗户里

月光漏进来

飘在酒碗上

月光和酒

和他做了伴

他倒在门口

大梦之中

他手拿酒碗

喊个不住

"葡萄架烂了根

亲生女儿坏了心

蓝妮你进朱家门

不亲你的爹

倒亲那狗孙

老子要赶你滚

还得拔朱家大门"

隔两日董家寨

街上人们嚷减租

长海走在头

嚷也在头

宽额头，大眼珠

厚嘴唇，短胡髭

好比一棵大树

栽在路上，直溜溜

有的问，有的喊

"租子该减不"

摘花站在门口

他把嘴一歪

"穷骨头别想造反"

朱家大老婆

穿黑缎夹袄

上下全黑

托着粉白圆脸

两手的银镯

白的也耀眼

她拍一拍手：

"天呀翻了天

你们敢抢人"

蓝妮的头上

披着白头巾

脚穿大红鞋

她抱住小孩

扯住长海

"爹！叫他们闹

你可别出头"

这话像根火柴

烧起长海的火

"滚！给我滚

爹认不得你"

他接着大叫

"朱桂堂不问你

减租不减租

我得带蓝妮走"

长海拉蓝妮走

二黑忙上前拦住

"要不得，要不得

上我家里坐坐

咱们喝一杯酒"

长海顺手一拳

打的他缩回头

他还夹在人缝里

捏捏灰呢帽

一面要跑，一面要说：

"哪个朝廷不纳粮

不纳款，闹什么？"

董长顺尖脑壳

小麻脸长胡子

他是大佃户

租种的地最多

光景也像春草

慢慢长慢慢高

他抹一抹胡子

躲躲闪闪地说

"减也好，不减也好"

董长太小商人

眼睛一大一小

伴种朱家的地

家里小俩口

养两头驴一灰一黑

能天天喂的饱

他顺着长顺说

"减也好，不减也好"

董长明一身光

租种一亩地

吃不上穿不上

人长的像白杨

个儿虽瘦小

眼里心里清爽

他拖住长海

"长海别走

闹就闹到底

一老是一老"

（疑有遗漏）

两颗牛眼一亮

盯着那黑漆门说：
"二爷！你摸盘
抗日政府说减租
咱们还说不减么"

"二爷！二爷！
租子该减不"

"摘花！摘花！
租子就得减"

"东家！东家！
租子不减
抗日没法干"

叫的叫，喊的喊
连天接地
董长海瞪着眼
拍着胸打着脚
好比雨吹大树
叶子哗哗的响

老东家在门口

仍是歪嘴笑眼

眼睛笑里发闪说：

"太阳一落

红也要落

朱二爷

甚时候

也有人撑腰

不怕猴子闹

眼看你们闹

骑驴看唱本

咱们走着瞧"

东家背过身子

咚咚关起了门

这时间长海呀

正要紧紧裤腰

掏出那鱼儿刀

走上大门去

他回头一望

一群人快溜完

他不禁心里一颤

骨头一冷喊道：

“狗日的蓝妮

你也躲着老子……”

第九章　叮嘴

娘煮山药

爹加火

山药寡淡

火也很暗

长海脱下

破旧的蓝袄

躺倒炕上

腰又痛了

老娘说：

"别人不闹

光你闹

天有多高

地有多厚

你不知道"

老爹说：

"狼咬小猪防后事
你甚也不防"

老娘说
"接蓝妮回来
看她情面上
和东家说说"

老爹说
"空结了渔网
鱼没捞到
虾没捞到
这一回
还不是白搭"

长海身子一翘
还未搭上话
气粗粗的
往前一跌
折断了骨节

他双眼赤红
心中冒着火

死呢？活呢？

死也冤枉

活也挺不直腰

爹娘骂他

好喝酒

还好招风

乡亲也笑他

只会叫唤

成不了事儿

有的说

"长海倒像铁

烧了也是铁"

但有的说

"长海好比鼓

咚咚两下

过后就稀松"

有的说他

"他这人

一不做

二不休"

但有的说他
"他赶烘火"

有的说他
"鸡也飞了
蛋也打了
两手扑空"

有的说他
"癞蛤蟆
想吃天鹅肉"

有的甚至说蓝妮
"蓝妮越发俏
比她那个穷爹
日子过得活套
穿衣穿鞋
也拿衣镜照照"

风言风语
好比雨打树
长海直直眼
哪儿受的住

风言风语

好比刀砍树

长海硬骨头

哪里愿忍受

晚上月上山头

照着大树

他一个人

拐着腰

弯着背

搭着麻布袋

上了河北

第十章　摔镜

蓝妮这两日

头也不梳

红鞋也不穿

不穿红鞋

换上青鞋穿

她像金蓬銮

在暴雨中

凄格楚楚

脸上发白

白里又发乌

她一个人

站在门口

脸望着楼上

摔的圆镜

碎个两半

然后抱头大哭

屋里画

陪着哭

房外花

陪着哭

哭声中

屋里画

低下头

哭声中

房外花

闭住口

哭声中

楼上人

笑不休

楼下有人哭

楼上有人笑

那个大老婆

笑的哈哈哈

那个老女婿

笑的嗬嗬嗬

老女婿说

"贱货没有用

穷鬼吵上门

大的胆敢

拍拍打打

二的袖手旁观"

这两日摘花

拉上大老婆

搬到楼上住

揽的蓝妮

心分两半

哭下了楼

她走下楼

披头散发

好比院中花

吹了大雨

花落下树

她吐一口血

血吐出口

她也不敢看

痛中撕开

这红的布

包起那血珠

第十一章　烧房

董家寨
百姓董
一姓朱

八路军说：寨上
这是"游击区"

日本人说：寨上
这是"治安区"

老百姓爱说
寨上"游击区"

朱桂堂爱说
寨上"治安区"

斩草除根
灭火掀盆

有个毒法

借刀杀人

前天朱桂堂

上炮楼会客

今儿个皇军

下炮楼访友

朱家大摆酒

董家起大火

朱家大笑

董家大哭

大火之中

老婆老头

滚在火中

大喊"救命呵"

酒席一收

皇军一走

董家一空

人死一路

第十二章 歇店

长海到河北

帮工、驮脚

做点小买卖

赚下几个钱

有肉也吃

有酒更要喝

上盂县

下平山

道也熟

人也熟

大道上、山道上

开店的老板

老板娘儿们

待他都像客

每逢过节

他要歇店

穿着烂皮袄

脚未搭上门

"老板娘

打酒来"

又唱又吆喝

老板娘逗他

"过节不卖酒"

他搬起酒坛

放到炕桌上

"卖也要喝

不卖也要喝"

"世道变了

有饭大伙吃

有衣大伙穿

有酒大伙喝"

人越笑、他越说

人越多、他越唱

黑黑的胡髭上

滚着酒珠

他会唱戏
山西戏多
小调子多
他说："我爱唱的
只有这走雪山"

他说："我老不说
那水上漂好
宁愿阎锡山
不干了
也不叫水上漂
不唱了
——说的半截□"

"我董长海
三个不要：
一不要日本鬼
二不要阎督军
三不要朱桂堂"

"我董长海
也要三头：

一要减我的租

二要喝我的酒

三要那共产党

不打起背包走"

他喝完了酒

扔起袖口

抹了抹胡髭

眼睛红溜溜

腰痛腿又酸

酒喝的多

他梦也多

今儿又是

八月十五

半夜里他看见

"一对老夫妇

跪在店门口

老夫妇

碎的头

烂的受

没见肉

尽骨头

那男的喊

爹娘烧成土

你也不管

闲荡在外边

喝酒打伙计

那女的叫：

儿呀儿呀

快来救救我！……"

长海猛力推开

怀中的姘头

大哭起来

他伙计的手

拉醒他笑个不住

第十三章　过岭

长海赶车

却是一个老把式

他十八九岁时

赶车混饭吃

那时间

买的一把鱼儿刀

至今犹在身边

他心中如意

葱花草

把把料

冬天还喂酒糟

喂的牲口暖又饱

俗话说：

"夜草能肥马"

他后半夜

也两次三次喂

他赶的车
坐赶走赶
都赶的稳
如流似水

爬大坡
天气热
不打牲口
不放快车

要是他
心中不如意
喝酒、打伙计
牲口的草料
喂到人肚里

他赶起车来
也要使杀性
加鞭放快
鞭梢子
左右开弓
回头望月

甚至上坡下坡

也要和人赛车

也要抢个头车

这两日他运盐

正要翻穷岭

过岭之先

有个老汉

和他并着坐

一同歇歇腿

老汉问他

"你叫甚"

他答道

"我叫董大癫"

老汉又问

"呃，这名儿怪

你为甚叫大癫"

长海又答

"减租减不开

被倒打一爬

闹个家亡人败"

长海一五一十

滔滔不绝；

老汉点点头：

"穷人都有的事"

老汉扣扣烟锅说：

"穷人要翻身

要走三条道——

第一条：换脑筋

第二条：结团体

第三条：带徒弟

还要三不怕

一不怕人说良心坏

二不怕夺佃

三不怕老狗日的

回到咱地面来"

长海接上嘴

"是呀我这就回去

拔朱家大门"

他又拍拍胸

老汉笑笑

"不行，一根筷子

立不住脚

一把筷子立住了

平你一个人

你拔不下

老财的一根毛"

穷岭上：乌云快散

太阳好比火

往山里撒

冒起一片红光

这几个车夫

赶车往岭上翻

第十四章　跪香

蓝妮像个鬼

穿的一身黑

黑的褂

黑的裤

她黑的眼里

还跟着

两个大黑影

大黑影

枯的手

烂的头

撵也撵不走

"害呵！害呵！

她在朱家

越来越苦

白的墙

红漆绿漆

油的大炕

越看越厌恶"

她偷的出门

去道坛跪香

她入的道

叫一贯道

这道义说：

"组织一贯道

练得刀枪不入

实行自卫

可以不交公粮

不支应敌人"

这道规说：

"泄露真法

五雷焚身

泄露真诀

脓化血身

泄露真言

死在乱刀之下"

文堂之上

铺着红布

红布之上

铁香炉

白磁碗

摆的满满

红布之上

挂着一张黄符

在这道坛前

她悄悄跪下

拱起两只小手说：

"这生已死

来生无望

修修，修修

修个来生福"

盘主董婆婆

帮她来插香

插好香之后

"叮叮叮"

敲三下铜铃

也拱起两手：

"道主！保佑蓝妮

保佑她儿小朱卯"

蓝妮来跪香

二黑来调情

弹着灰呢帽

悄悄凑过来

像一只苍蝇

落在蓝妮身边

二黑从桌肚里

掏出一柄铜剑

咔咔嘡嘡

横放到道坛上

他发誓："蓝妮

要有人害你

我保你的镖"

他伸过手来

想扶起蓝妮

蓝妮哭了

蓝妮在泪中

抢起桌上的剑

咔咔嘡嘡

"狗养的你想作甚？"

第十五章　回家

隔了一年半
长海往家走
胡髭更黑
额上的皱纹
好比树节节
又黑又粗

他走外时
蓝妮二十四
他回来
蓝妮二十六
他走外时
自己四十岁
他回来
也是四十二

他快进村
又想进

又想不进

又想笑

又想哭

等天黑进了村

家已成灰

无家可归

他只得

上长明家住

长明家里穷

老婆讨的吃

衣服尽是洞

他不便久住

他拐着腰

搭着布袋

上了破庙

这天蓝妮来看他

蓝妮偷的冷饭

偷的冷肉

送来给爹吃

女儿用的蓝布

提着冷饭冷肉

伏□长海脚边

"爹呵杀了我

我该杀呵"

笑里带上哭

长海嗓子哑

眼泪也干

半天答不上话

也不敢望女儿一眼

他慢慢掏出

一条花手巾

又慢慢披到

女儿的肩上，说：

"黑天黑地

总有一天要翻"

女儿抬起头

哭里带上笑

望望爹

爹爹脸上

像盖着风霜

又白又黄……

长海回到家

有的人

恨他

有的人

笑他

有的人

欢喜他

有人暗暗说：

"共产党

回来啦！"

他也有点自认

他和共产党

也是不太差

他怕寨上人

看不起他

少喝酒

少说话

心想万不要

给共产党丢脸

第十六章　换心会

董长明、董长海

董长发、董长青

董长金、董长银

一大群穷人

有的背抢

有的拿镰刀

哄哄走进后庙

这一群人背后

有一个寡妇

她丈夫伴种地

对半分粮

负担东家不管

她丈夫起了火

打了东家

自己被砍了头

董长发是长工

朱桂堂的长工

小个儿、圆脸

不惹事、不怕事

董长青是羊工

朱桂堂的羊工

瘦条汉，小脸

不惹事，不怕事

董长金是木匠

给朱家修过车

也盖过楼房

做一天吃一天

抽烟自己掏钱

董长银是鞋匠

穷人们哪钉鞋

朱桂堂常钉鞋

钉鞋也不化钱

被衣烂布

赏个一点半点

（这一群穷人

好比园中花

石榴、菊花

万年红、金蓬銮

花虽大小不同

开在园中

倒一样的红）

他们走进后庙

那两庙庙楼上

左边挂的钟

钟有半人高

右边吊的鼓

鼓有半人宽

庙的四壁

半墙蓝半墙红

庙廊下

雕梁绣柱

朱漆门前

立着白碑

碑文上说：

民国三年间

董家寨大旱

朱家行善

买下全村地

从此光景大发

修这庙谢了天

因为大旱之后

修的这个庙

故名叫龙王庙

往年香火姗姗

红飞绿舞

如今红残绿谢

香火也淡

长明背靠石塔

大石桌上

坐着长海

众人围着石桌

脸齐朝着塔

长明笑笑

问众人

"减租怎么办？"

众人齐答

"说减就要减"

有的说："越渴越吃盐

东家摘，西家借

穷窟窿越弄越大

连着补，补不起"

有的说："落口石

还能垒堤

我看还是斗"

有的说："八路军

走不了

穷人死不了"

区长插着问：

"八路军

要走呢？"

有的答：

"他走我也走

他在一天

就吃一天黄糕"

长海指着天说：

"往西往北

尽是八路军

有树有根

还会走得了"

（一）

租的房、租的地

头顶人家天

脚踏人家地

没吃没喝难出气

还要二五加上利

八年九年三十石

十个骡子驮不完

二十多年整一万

升升合合还不算

簸箕簸，扇车扇

一石租子

顶下八斗三

辛苦受一年
黄米窝窝不见面

（二）

老财穿绸
咱们穿草

老财吃肉
咱们吃土

老财闲着
咱们受苦

咱们不受
他阔个屁

冤有头
债有主
众人说个不休
胸中的火
海水也扑不灭

长明再问：

"怕不怕老财"

有的答道：

"那两年怕

眼下不怕了"

有的答道：

"怕也得斗"

有的答道：

"老财的根

阎锡山

越长越小

咱们的根

八路军

越长越大

比一比呀

就不怕了"

长海也问：

"敢不敢杀

那狗朱桂堂"

众人齐答：

"数杀了好"

长明微微一笑：
"拔了他的毛
也够他瞧"

陡然长海拉住长发
摸摸他的心说：
"你的心可翻了"
众人齐摸摸
自己跳着的胸口

月亮在当中照
好比银的圆镜
照在数十颗心
像结成一颗心

但长海还主张
众人要烧香
磕头发誓
不减租不甘休

第十七章　呱哒

人散了之后
长明和长海
月光下
两人闲呱哒

长明问：
"边区好不好"
长海答：
"好的不得了"

长明问：
"共产党
会站得住脚"
长海答：
"决不会跑"

长明问：
"哪儿的租子

租子减好了"
长海答：
"穷人大翻身"

长明问：
"边区多大"
长海答：
"一望无边"

长明问：
"毛主席多高？"
长海答：
"没见过面
听说有六尺高"

长明和长海
堂房的兄弟
血肉上不远
思想上也不远

但他们二人
也很不相同
一个是耐心

心细看的周到
一个是性直
勇敢谋虑较少

长明像水
白光耀眼
长海像火
红光扑人

长明像雨
细水长流
长海像雷
粗声大气

长明像钟
明明亮亮
长海像鼓
轰轰烈烈

长海问：
"咱们的大刀
能得手么"
长明说道：

"别急，你不看

寨上好比荒地

长的草多

拿快刀来割

一下也割不完

要的是组织"

他还说：

"长太想减租

但是他滑

长顺想减租

但是他尖

二黑溜老财

这一把把人

全靠不住"

长海笑笑：

"我早明白了

打日本减租

得靠共产党

咱们找吧

先找共产党"

"好说，共产党

远在天边

近在眼前

找见共产党

他也叫你

自家下手做"

二人正闲呱哒

正说话之间

门外晃着

一个人影

他俩立起身

长海掏出刀

拨开大门就追

街上踏踏踏

街像要翻

全董家寨

家家户户

都静听董长海

呐喊、呐喊、呐喊……

第十八章　请客

快到八月节

院中花又开

月光之下

花影铺上石台

今夜朱桂堂

掩着长袍

手提袍角

走下了楼

他要请蓝妮

搬到楼上住

"这是钱

钱不多

你拿去

留给长海喝酒"

他接着说：

"我和长海

好比朋友树

好比亲戚花

不要打架

叫外人笑话"

蓝妮说："我管不住他

他是共产党

东跑海

西跑洋

跑的是天下"

桂堂笑了笑

"这个天下

他拿不着

阎锡山一到

就叫他吃刀"

大老婆温上酒

煮上羊骨头

一切备好了

只等长海来

长海走上门

进门不对劲

不进门

也不对劲

"管他呢先喝酒

喝了酒再说"

桂堂摆好酒

给长海斟酒

两个仇人

面对面坐

脸上都是假笑

"吃上一天

算一天福

穿上一天

算一天禄

咱这古董人

他有青钢嘴

有黄铜舌

也说咱不服

吃、吃、喝、喝

不吃就喝

不喝就吃

肉虽不多

油还不少"

蓝妮理了理头

抱着孩子说

"爹吃一点

有话明天说"

长海喝一口酒

挟了挟羊骨

挟了又掉下

掉下又挟上

"蓝妮谁叫你

拿这骨头

孝敬你的爹"

吃完酒，长海

又扔起袖口

抹抹胡髭

拔步就走

第十九章　摆理

（一）

八月十五

石榴红，菊花红

董家寨寨上

穷人的心红

庙楼之上

长明和长海

两个人

各站一边

长明打钟

钟声锵锵

长海打鼓

鼓声咚咚

五里以外

十里以内

钟鼓好比大风

吹给水落石出

（二）

有人说

"要吃应心饭

自己下手盛

你要有地种

自己出来争

有仇诉仇

有冤诉冤

挺起眼睁开心

死也摽上劲"

有人说：

"割掉长舌头

打那溜沟贼

不怕老阁

不怕报复

有眼要长珠

有心要长直

铁嘴铁手

扯破纸老虎"

有人说：
"改朝换代了
天晴露日了
抬起头来呀
迎上阳光走
纸包不住火
雪埋不住人
灰鬼一手
遮不住青天
往后穷富一般平"

有人说：
"有冤不报
时辰不到
时辰到了
冤气要吐
仇气要扫
八月十五
今天是喜日
晚上看明月
过一个好节"

有人说：

"哼！灰鬼们

搬石头

搬下石头

砸自己的脚

打自己的头

人不到死

自己先掘墓"

有人说：

"伙计！人活着

就得硬一些

你越怕人

他越吓你

他喝你的血

还要咬你的骨头

你要不斗

万辈抬不起头"

有人说：

"血拌着粮食

给了地主

泪拌着糠菜

自己用点

这还叫世界

他要赔我的人

还我的血

吃掉的租子

要给我吐出来"

有人说：

"千辈受

万辈受

已经受到头

再也不该

嘴上戴笼套

像牲口

死也要摆理

要打开账本

好好算一算"

有人说：

"咱们穷小子

命不值钱

哪怕今日

他给了我钱

明天杀了头

我也愿意

先要钱，先穿衣服"

有人说：

"一根棍

一折两断

两根棍

折断就难

三根四根

更没法办

穷小子们

站在一起

有福同享

有祸同当"

农民一窝蜂

涌进庙门口

有的背口袋

有的扛着斗

长明拿着约

走下庙楼

心平气直

满脸是冷笑

长海掏出刀

走下庙楼

眉毛像飞

满眼是火烧

主席是长明

纠察是长海

两个人肩并肩

走在前头

长明说：

"摆摆理呵

一天摆不清

摆两天

两天摆不清

摆三天

摆个黄河水澄清"

长海说：

"到时候不许拉稀

拉稀的回来

一人吐他一口吐沫"

（三）

朱桂堂过来

把袍子一拍

"不讲良心

讲文书吧

有文书可考"

他的大老婆

活像妖精

也拍拍双手

"我回去拿去"

"你个母老虎

别跑先叫人瞧瞧

肚里棉花布

垫的好厚

还说是喜

真个不害羞"

寡妇跑上台
一把拦住说
"赔我的丈夫"
接着就大哭

这时众人如火
如火烧天
烘烘，烘烘

董长发叫：
"摘花、摘花
你勾的敌人
杀了她丈夫"

董长金叫：
"摘花、摘花
咱白给你
修了车么
抽烟还要我
自己掏的钱"

董长明叫：

"摘花、摘花

钉鞋不给钱

破衣烂布

赏个一片片"

董长青叫：

"租你的地

打了二石七

你要二石三

少给你

你就要退地

交你的租

要交红黄两色

没的交

叩头也不饶"

董长顺滑头鬼

人中伸出脸说：

"种你的地

出来租子

过年过节

还要送礼

真是岂有此理"

董长太墙头草
人中摇起手说：
"你靠着日本官
不出粮不交款
负担我们管
你当寨上王
起粮大秤大斗
出粮小秤小斗
秤钩上插钉子
秤钟上贴铁片
真是岂有此理"

有一个老汉
扯着摘花
"就是你这狗
偷咬我女儿
逼的她上吊"
摘花的袍子
哗的一裂

黑影里
二黑说：

"没理

没理"

"不要当狗事

有理摘花说"

长海刀一举

要对着他抛

"溜老财的货

老财吃饭多

你说福大量大

咱吃的多了

你说是

穷肚子饿嗓"

但二黑强辩：

"我好舐屁股

还摸不上那

别人舐的光

我就叫顶了"

董婆婆吓的慌

假笑了一笑：

"打的好打的好"

长海又回过头
急的喊：
"臭婆子
成天说
不吃饭
饿不着
为甚你叨叨"

长明拉回长海
站到台子边
一叫地主说理
二叫地主拿约

摘花硬也不吃
软也不吃
他摆摆手
他也不谈理

长海眼一瞪
跳起半天高
"大家齐去

搬到他家住"

长明眼一沉
手拍着桌子
"死不说理的人
就得依法处罪"

"减了我的租
算了我的账
我得搬家我得拆楼
我还有什么"
摘花嘴一歪
身靠后一斜
袍子颤了颤

（四）

长明笑一笑
手拿的新约
新约百十张
张张都换新

约上的手印

红又红

好比老年人

老来还童

长海叫的欢

嘴关不住牙

他扛起红旗

红旗闪闪

红绸子旗上

写的是：

"恭贺大德望

八路军万岁"

（五）

八月十五

穷人大喜日

减租翻身

买布买酒

喝完酒

抬起头

一群一群人
往农会里走

农会的名字
好比红的花
又香又红
人人想挂在胸口

只要天下农民
一条心
一个头
就要顶起天走

后记

上卷后记

一

大约是在 1947 年，晋察冀边区某村，周围数十里以内，流传一个"五不了碑"的神话。

说是有一天的傍晚，在临近敌区的地方，突然出现一座美丽的村庄，村里起了万丈的红光。人们争向这座村庄走去。那红光和美丽的村庄，又忽然不见了。只看到一块石碑，上面刻着五行字迹：

一　中央军长不了。

二　八路军走不了。

三　大户富不了。

四　穷人穷不了。

五　好人死不了。

1947 年，正是敌我斗争最尖锐的日子。当时我在雁北地方党委会工作，和产生这个传说的地方，相隔不远，听到这个神话，自然引起我的深思。这个神话，它道出了人民的勇气、理想和信心。富有革命浪漫主义的气息。它鼓舞了人们。在那些血与火的日子，在新旧势力进行决斗的日子，人们不但没有低下头来，反而斗志昂扬，把革命进行到底。他们时刻盼望着，在自己的身边，有一座人间乐园。

神话中传说的，红光万丈和美丽的村庄，这不就是他们所想望的乐园么？我想是的。那一座石碑，上面刻着八路军的名字，这不就是说，中国的天堂，二十世纪的乐园，是要由共产党领导把它建设起来么？我说是的。

二

为了这伟大的目的，我在 1946 年写过《换天录》《翻身歌》那些短诗、诗传单：

> 过河哪怕下水，
> 算账哪怕撕脸；
> 我要擎起红旗，
> 我要改天换地！
> ——《换天录》

> 老财们他笑我——
> 穷汉穿上新布衫，
> 我把布衫给他看，
> 我的布衫红灿灿；
> 布衫上有我的血，

布衫上有我的汗；

穷汉们把身翻，

将来还要更好看！

——《换天录》

写这些传单的时候，是在 1945 年以后。这时我已经从滹沱河岸上的一个县份，来到雁北地区，参加一个翻天覆地的斗争。由于我自己也曾带着工作队在游击区工作过，我深深地体会到，要使封建势力彻底崩溃和新中国很快出现，这是一场艰巨复杂的革命斗争，这是一场伟大的革命斗争。我必须向人们倾诉这种真理。

《赶车传》第一部发表以后，我除了写作一些短诗而外，又写了好几首长诗和几篇较长的小说。我觉得有义务来歌颂，中国历史上的一个大事变；把斗争的历史告诉全世界的人们，把革命的歌唱给我们的子孙。

我们的时代，好像是车子。赶车的人是工人阶级、共产党员，是广大的劳动人民，是石不烂等人。现在车子已经赶到乐园。《赶车传》这首长诗的题名，它的来源在此。这车子，就是这个时代的一个象征。这车子，在党的指引下，它在飞腾前进。它曾经穿过炮火，它曾经穿过高山峡谷，它曾经穿过狂风暴雨，终于来到中华人民共和国的门口。

车子来到这里，革命的车轮并没有停下，它仍在前进。它只不过走完了"万里长征第一步"。前面的方向，又是一座壮丽的高峰。

三

　　曙光就在前面，

　　我们应当努力。

　　这是毛主席在《目前形势和我们的任务》政治报告中最后的结束语。1947 年 12 月 25 日，中共中央在北紧靠黄河岸上的一个地方，举行过一次会议，毛主席在这个会上，指出当时人们应走的道路。

　　"这是一个历史的转折点。这是蒋介石二十年反革命统治由发展到消灭的转折点。这是一百多年以来帝国主义在中国的统治由发展到消灭的转折点。这是一个伟大的事变。"

　　"当着天空中似乎是黑暗的时候，我们就指出，这不过是暂时的现象，暴风雨即将过去，曙光即在前头。"

　　"现在是全世界资本主义与帝国主义走向灭亡，全世界社会主义与民主主义走向胜利的历史时代，曙光就在前面，我们应当努力。"

　　《赶车传》的上卷内容，就是我要歌颂这个历史的转折点，就是要歌颂这一期间党和人民的斗争，就是希望能忠实地叙述这一历史时期革命英雄的故事。由于我的能力有限，和我的创作计划，我在这里所写的，只是时代的一个焦点，一个断片。

　　前面说过：《赶车传》的第一部，发表于 1946 年，时间距离现在已有十多年了。我为什么又要来写一个"续篇"（有的人称之为《赶车后传》）呢？这是由于，在原《赶车传》写成以后不久，我曾经陆续写过有关阶级斗争的四五首长诗，对时代作了一些速写，题目虽然没有叫做《赶车后传》，主题和人物，和《赶车传》有一致的地方。这些草稿性的创作，多数原稿，都没有整理发表过，一直搁了十多年，现在正好作为素材来用。它使我又回到那一个斗争的世界里。我在1958年下乡以前，便有一个新的计划，要把它们合在一起，作为《赶车传》的"续篇"。等到人民公社成立以后，我的想法越来越明确，我在南水泉的时候，就开始动笔了。

四

按我现在的写作计划来说，这首长诗，一共分做七部。这七部是：

第一部：《赶车传》。

第二部：《蓝妮》。

第三部：《石不烂》。

第四部：《毛主席》。

第五部：《金不换》。

第六部：《金娃》。

第七部：《公社歌》（或名《乐园歌》）。

目前已经写成的有四部。第一部（即人民文学出版社在今年重版的《赶车传》），曾被编为"中国人民丛书"之一，在国外，有几朋友如魏斯柯普夫同志、艾德林同志、普实克教授等，曾为这本平常的诗，热心地作过译介工作，出过几种译本。

在这里，我应该特别提一提的，德意志民主共和国革命作家魏斯柯普夫同志和捷克的一位青年译者，都已经逝世了。魏斯柯普夫同志的译本，据冯至同志说，他的译文非常好，他又是前捷克驻中国的一位大使。这使我更加怀念他。

现在在这个本子里，为了照顾全诗故事的发展，第一部的个别情节，以及故事发生的地点，我作了变动（但仍在中国的北方，仍在革命根据地晋察冀边区）。另外，为了使全诗大体上是每行三个节拍，第一部和其他各部诗的节奏比较一致，第一部的某些诗句，重新作了修饰。至于诗的主题、主要情节，都没有改变。后面的几部，是从第一部的基础上发展来的。我没有再注明这是一次修改。

现在，故事的主要地点，是在长城附近的一个地区，一个县城，一座高山旁边。第四部我写到延安、黄河和西柏坡，因为这几个具有历史意义的地方，和当时的斗争有重要的关系。石不烂在寻找人间乐园的途程中，所经历的地方当然是很多的，所经历的斗争自然也是不少的，因为篇幅关系，我有一一记述。我是尽量压缩来写的，只偏重在到达乐园的这一个过程，即一个历史的转折点。

　　石不烂等人寻找和建设人间乐园的故事，中心的部分，是我们革命历史上惊天动地的阶级斗争。我不知道读者的看法怎样，我以为这是人类历史上最重要的斗争之一。中国几千年封建势力最后的崩溃过程，我愿意就我的所见所闻，就我自己参加这一斗争的直接感受，来作一次简要的记录。这里，我以贫农又是山歌手的石不烂作为长诗的主角之一，以石不烂、蓝妮、史明伟、金不换、金娃等人的革命斗争作为长诗的主要线索，来记录我们时代的变化、社会的变革和党的伟大力量。

　　有几首这样的新民歌，它可以说明我的创作意图。转录如下：

　　　这间屋里熬过药，

　　　这间屋里上过吊，

　　　这间屋里受过罪，

　　　这间屋里开过会，

　　　这间屋里闹革命，

　　　这间屋里人高兴，

　　　这间屋成了机器房，

　　　马达昼夜轰轰响，

　　　"跃进跃进再跃进，

　　　农村三变上天堂！"

　　　　　——《这间屋》

　　　入了公社如上天，

一夜赛过几千年，

利刀斩断私有根，

开辟历史新纪元。

——《入了公社如上天》

人把幸福比天堂，

我说社比天堂强；

上天传说神引路，

办社全靠共产党。

——《天堂》

五

在石不烂向乐园的进军中，这十多年的时间里，原来的一
个石头村组成了人民公社；长城附近，塞上地区，有了很大的
人工湖和水电站；旧日的一座石头城、那封建势力最后聚积的
一个堡垒，已被淹没在碧绿的湖水中。长工出身的金不换，他
当了县长。石不烂是公社的社长。金娃由一个牧羊人成为战士，
他和蓝妮结了婚。他们都是公社里战斗和建设的勇士，终于在
党和毛主席的领导下，经过许多英勇曲折的斗争，经过翻天覆
地的大风暴，把革命的车子赶到人间乐园，积极地建设这个乐园。
这一座乐园，就是社会主义和未来的共产主义，就是人民公社。

我在这里，要着重地歌颂我们党的领导，党的伟大领袖毛

主席和英雄们的群像。石不烂固然是长诗的一个主角，其他如史明伟、金不换、蓝妮、金娃等，只可说是较次要的人物，然而并不是"配角"。石不烂他们的命运和史明伟的斗争，是分不开的。在第三部里，我较多地歌颂了史明伟，因为他是一个区委书记，又是游击队的一个指导员。我歌颂他和金不换，也正是歌颂党的基层力量。在无产阶级革命的斗争中，没有党就没有英雄，没有党的领导力量，英雄是站不起来的。我称史明伟、金不换、石不烂是"长城三杰"，正因为我们时代的英雄，是集体主义的英雄。

石不烂，这是一位英雄的名字。他是有成长的过程的。我不便在诗歌中详尽地叙述这个过程，可是我应该向读者忠实地介绍他的面貌。许多人都歌唱过"乐园"，各人对乐园的唱法和想法，并不一样的，有的人把一座小山或者一亩果园看做乐园；有的人则把社会主义、共产主义看做乐园。石不烂由于有党的引导，在这个问题上，才逐渐有了一个明确的观念。

这首长诗，在结构上为什么要分作连续性的七部，中间的五部，每部以一个英雄的名字为题目呢？因为在这首诗里，根据我的创作意图，我不能只歌颂一两个英雄的故事，我要歌颂这一群革命人。又由于我写的是长诗，不是写小说，我并不想把各个细节说得十分详尽，一丝不漏；也不想使故事的每一个细节紧紧相连；我只希望各部相连。我希望各部各有其一定的中心，有其一定的独立性，不需要交代的细节，读者可以想象到的事情，尽量地省去。我以为这样来做，便于解决叙事诗的抒情问题，便于对故事中的人物进行内心世界的探索。我在读《木兰辞》《长恨歌》《英雄的格斯尔可汗》以及《奥德赛》《浮士德》《失乐园》《神曲》的时候，有这样的感觉。我在这里，写到战争，写到土地，同时也写到爱情。还要接触到科学等等。

长诗的写作，作者首先要有斗争的经历，要有充分的思想酝酿，要有大量的群众语言；也还要有充足的时间，进行精雕细刻的工作。要使故事中的英雄站起来，在时代中发言，在斗争中歌唱。我希望写作的时间更充足些。因此，下卷的几部，不能马上接着写，希望明年能够继续写下去。

这首长诗的出版，得到作家出版社热情的帮助。古元同志以很多的时间来作插图，设计封面，和我来合作。我们还要合作到底。他的画笔，着重于人物形象的表现，笔力雄健，黑白的对照很强烈，地方色彩比较浓，使我的长诗增加了很多的光彩。我对这些帮助，表示诚恳的谢意。

1959 年 8 月，于北京

《赶车传》下卷后记

——学习毛主席文艺思想札记 [①]

一

一九五九年八月，《赶车传》上卷付印时，我写过一篇后记。那篇后记，已经简略地说过长诗的创作意图。长诗中的主角石不烂等人，为了寻找和建设我们这个时代的乐园，经历过各种斗争，终于在党的领导下，石不烂的车子（车子，这是时代的象征），到达了金牛公社。

我国万里长城外的一个川下，有这样的传说，说有一条金牛，一直卧着不起，自从有了人民公社，金牛就站起身来。于是石不烂把他们的公社称作金牛公社。金娃、蓝妮结婚以后，在一个荒山上安了家，把荒山建成了乐园。我所写的这个乐园，自然就是社会主义的建设事业。我是把这首长诗献给我们光荣的今天和远大的未来的。我坚决地相信，我们能完成这伟大的事业。

过去的民间故事、神话，还有外国诗人们写的某些长诗，也写过乐园，对乐园的追求，但那些都不过是空想罢了，或者

① 该文刊载于1962年6月14日《文学评论》第三期，未收录进1961版《赶车传》（下卷）。

类似"桃花源",只见过一次,再也找不到了。更不必说,他们所追求的乐园那是一种什么乐园。

真正的人间乐园,有革命之乐,有劳动之乐,有集体之乐。去年我在新疆昆仑山下塔克拉玛干大沙漠的边缘访问时,知道有一对牧人夫妇,由于逃难,被一只白兔引到绿草湖,在沙漠里安了家。这绿草湖人们叫它乐园。然而那里不过是一片湖草而已,也是到人民公社成立以后,他们才有了幸福的生活。

可见当劳动人民没有真正获得解放时,没有真正成为时代的主人,也就没有真正的乐园。何况解放者还要作建设者、作不断革命的英雄人物。如果不是靠自己的斗争和建设,坐享其成,那又算什么劳动者呢?《赶车传》下卷进一步展开的思想,简单说来不过如此。写在诗篇中,当然不能就事论事。这就要靠作者的一些斗争经历,才能把这时代的面貌概括成形象。还要有许多实际生活的感受和先进的世界观,使形象生活在艺术的画图中。同时,一个作者为什么采用这样的题材,又正是作者在斗争生活中得到的启示,是生活给予的灵感。在我说来,这和我的下乡生活分不开的。这一部长诗,写作的先后时间有十多年。

这里我想回忆一下我的几个乡下生活的片段,也算是对"上卷"后记的一点补充。今年又是毛主席的《在延安文艺座谈会上的讲话》发表二十周年,现在来谈这些问题,也是说明这篇著作对我的引导和影响的具体例子之一。如果不是《讲话》的精神使我参加过一些实际斗争生活,是写不出这首长达两万行左右的诗篇来的。

二

《赶车传》出版以后，得到许多读者、老战友们（包括过去和我一起在乡下工作过的同志）的关怀。他们鼓励我写，要纵情歌唱，要用"大笔"来描绘这惊天动地的时代，这震撼世界的人民——真正站起来的工农兵群众。

有的读者来信问我："长诗中的人物故事，都是真人真事吗？"又问："主人公的姓名是原来就有的吗？"等等。我在这里回答：许多具体的情节可以说是真的，但也有加工的地方、虚构的地方。这许多情节集中为一个人的行动、一个人的故事，又是在真实生活基础之上的加工。人物的性格以及姓名，莫不如此。例如我写石不烂这个人物，那是我接触过好多类似他这样的真人。

一九四三年，我在晋察冀边区的一个县里工作。当时和我熟识的、常接近的一个村干部，他是一个贫农出身的共产党员，他会编些民歌、街头诗，在减租和土改斗争中都很积极，一心一意要寻找和建设真正的乐园。土地改革时，刘少奇同志来到华北，住在这个县的一条河岸上，在一个山沟里召开过全国土改会议。这时，就是这个农民已经当了县长了，他和少奇同志谈过话。全国解放以后，他还从乡下到北京来找过我。他写的民歌，我还替他发表过。

抗日战争胜利后，我从这个县到雁北地委会工作。一九四七年的时候，我在那里听说，毛主席要从陕北到华北来，领导全国人民大反攻。村干部和群众听到这个消息，都想去看他哩。有的背着干粮，哪怕远走千里，也要去见他。毛主席来了住在滹沱河岸上的一个村子，这个村子名叫西柏坡。人们说，毛主席住在这里，种的树长得大，种的果子也香。西柏坡这一带地方，是我在抗日战争中生活过的地方。这一些，使我体会到人民群众的心理和愿望，新人的成长，体会到我们党、领袖和群众的关系。这一些，自然也使我深深地激动。这些人是和我一同生活过、斗争过，一同去追求乐园的。他们已成为时代的柱石、诗歌中的主人。我既然是一个作者，我不去写他们，还去写谁呢？

尽管如此，我所写的石不烂这个"人"，并不就是他们，并不就是某一个真人，是经过概括的。我以为，作品中人物的精神世界还应该更丰富、更高一些。

三

有的读者又问我："朱桂堂夜袭石头村和石不烂的'空村计'（即坚壁清野）是不是真的？""石头村是不是原有的一个村名？"我的回答是，这都是经过概括的。

这里也有我自己生活上的经历。我在游击区工作过，碰到过敌人的"夜袭"。我们布置过"空村计"。我们参加过这类斗争，所以印象难忘。给自己印象深的东西，自己在生活中感受的，在写作过程中一有机会，它就会出现；一次表现不够，三次四次，总要来表现它，不达目的，好像没有尽到责任似的。

《赶车传》写了第一部以后（一九四五年写的，一九四六年发表），一九五八年"大跃进"以前，我又下乡住在一个高级社里，由于新的激动，就订了《赶车传》续篇的写作计划，到人民公社成立时，也就动手写了。这就陆续写成了七部。我在最初并没有这七部的计划（一九四七、一九四八年时，我倒是写了中篇小说，还有一个长篇写了一部分）。这七部的计划是在生活中、在创作中逐步明确起来的。这和在国内其他地区的访问，看到祖国新建设的景象也分不开的。写了这七部，有的同志说，车子不要停，不要宣告结束，还可以写下去的。也有的同志怀疑，是不是写得长了呢？我说车子什么时候也不停的。要不要写下去？其实现在是不能决定的。长诗中写的是三代人（金不换、石不烂一代，金娃、蓝妮一代，红鹰一代），第三代刚诞生不久哩。不过，暂时到此为止了。

我在第七部的开头，写下两段序诗表明了我对未来的祝愿：

> 长诗写到乐园，
> 再写一段祝愿——
> 我愿乐园中人，
> 走的路像根红线，
> 穿起千山万水，
> 织成革命的画卷。

山，山外还有山，

天，天外还有天，

乐园一巅高一巅，

只有起头没终点，

车子还要奔向前，

向前，向前！

　　　　　（《乐园颂》的序诗）

　　前面说过，因为有那么一些经历，由此而来的感触很多，不是写一件事、两件事，或者几部作品，就能倾吐胸怀的。我常常想到，一定要把创造新世界的劳动者和我们党的力量充分地表现出来，把这个时代的英雄壮志倾吐出来。这自然要接触到人物的精神世界，要接触到他们重要的斗争，把这些高度概括起来，塑造成形象。

　　我在第一部所写的，实际上是一个播种的年代，其他几部则是花开的年代和收获的年代。既然写了播种，怎么能不写收获呢？人们对于乐园是关心的，那么这个乐园的境界、乐园的意义也该有所交代。乐园的境界，写得既要真实，又要高远，即使是在一座山、一个湖边，这里的湖水要映照着未来世界的一幅缩影。

　　创作上的概括方法是多种多样的。有的四句话就可以达到某一种高度。但有的却要求采取"大合唱""交响乐"的方式。

而"大合唱"的出现，绝不是为了把事情多写一些（有这种想法是不对的），它的意义在于纵情歌唱，而且要把情景和必要的过程表现出来，即所谓要画"风俗画"。一部长诗，不能只限于叙述故事，而概括的情节也不能是一些片段的罗列。应该像挖树似的，有巨根在土，有茂叶在上，有群鸟在林中歌唱。这巨根又是什么？是时代的核心，是斗争的生活。

另外，在其他的方面，还要有所概括，例如人民的创造智慧、人民的语言以及民歌等。这和人物创造是统一的。从这一方面说，我的这部作品是带有集体创作性质的，它不完全是我个人的创作。这里的很多语言是群众创作的，有些是从民歌采用的，我不过是做了一些加工。我一向认为，要直接表现工农兵群众，表现我们时代的英雄人物和他们的斗争，尽可能多汲取群众自己的语言，这会显得更亲切些。它和人物性格、诗的调子有很大关系。这首诗中的主人翁是一个山歌手，我是更应该这样做到的。

中国的诗歌，特别是民间叙事长诗，是有这种传统的。按诗的结构来说，我采用了一些民间叙事诗的方法，参考了中国古代叙事诗、外国叙事诗的方法。至于这首长诗，如果要读者默诵，像默诵一些短诗那样，我没有这样想。我在写《戒冠秀》《一杆红旗》那几首长诗时，有过这种想法，这一次没有。我们时代的生活是多彩的、丰富的，一个作者采用多种方法来表现它，创作上多方面的探索，我想也有必要。

有几位作曲家要为这首长诗写一部新歌剧，已经制定了一些方案，这我当然很赞成。但这不是一个短期间能做到的吧？我的另一首长诗《英雄战歌》创作之初，原也有几位同志要合写一部歌剧，由于种种原因未能实现，一九六〇年福建高甲剧团把它编为歌剧演出了。

因为有了《讲话》的指示，在许多方面，使我作了新的探索，这首长诗是其中之一。在下乡生活、在革命现实主义和革命浪漫主义相结合的创作方法上，《讲话》的精神都使我前进。目前，正是祖国万树争绿、百花齐放的季节，为了对过去作片段的回忆，和今后更好地学习《讲话》的精神，把我现在所想到的记下来，作为《赶车传》下卷的后记。

一九六二年四月，北京。

《出版说明》（人文 1958 年版）[①]

　　《赶车传》是田间同志在延安文艺座谈会之后的一部重要作品。这首长篇叙事诗，是描写和歌颂山西省盂县五里村贫农石不烂，在旧社会经历的重重苦难和如何找到共产党闹翻身的经过。故事发生在抗日时期的晋察冀边区。

　　这首诗，虽然只写了一家贫农，却可以说概括了我国农民在解放之前所走过的历史道路。

　　解放之前，我国农民占全国总人口的百分之八十，贫农和雇农又占农村人口的百分之七十。他们是我国革命的最广大的动力和最可靠的同盟军。但是，在旧时代他们一直受着封建势力残酷的经济剥削和政治压迫，过着极端穷困的生活，连起码的人身自由都没有。为了反抗这种压迫，改善自己的历史命运，在过去的年代里，他们曾经举行过大小数百次的起义，但结果都归于失败。近百年来，封建势力勾结帝国主义，更加残酷地压榨他们，他们也反抗过，可是仍然失败了。只有共产党登上中国的历史舞台之后，领导了农民运动，农民的命运才跨进一个新的阶段。从这首诗的主人翁贫农石不烂走过的生活和斗争

　　[①] 该文摘录自《赶车传》（田间著，人民文学出版社 1958 年 12 月，北京一版一次）的《出版说明》。

的道路，我们清楚地看到了这个革命的真理。

石不烂，正像我国广大的贫农一样，勤劳朴实，性格坚强。他嫉恶如仇，与地主势不两立，虽然经受了无数的苦难和欺压，从不灰心丧气，总想在那个暗无天日的旧社会闯出一条活路。一九三六年闹荒宅，石不烂交不上租子，地主朱桂堂就想借这个机会霸占他的闺女蓝妮。石不烂不答应，去衙门告状，县老爷把他赶出公堂。没办法，他忍辱把蓝妮送到朱家。成亲那天，石不烂放火烧了朱家的楼。然而地主并没被他打倒。石不烂从此逃奔到河北省谋生，蓝妮陷在地主家的火坑里受罪。抗日战争爆发，石不烂在河北（当时已成抗日根据地）找到共产党和八路军。自此他才觉悟到：过去那种个人的反抗，是打不倒地主的，只有团结起来、组织起来，在共产党领导下进行群众性的斗争，所有的劳苦农民才能获得解放。石不烂回到盂县五里村，在当地共产党的领导下，组织起广大农民，向地主展开减租减息斗争，最后取得了胜利。石不烂在斗争中，受到了锻炼，更加坚强起来，终于成为一个光荣的共产党员。蓝妮也脱离苦海，开始过新的生活。以上就是这首诗的主要情节。

这首诗的故事情节曲折动人，艺术结构也是很完整的。在形式上，采用了一些民歌的创作手法，情调高亢有力。

《赶车传》不论在表现重大主题方面，不论在刻划劳动人民的思想情感方面，也不论在学习民歌、探索新的风格方面，都说明作者的努力以及取得的初步成果。因此，这首诗出版以来，受到了读者的重视。

本书于 1949 年 5 月由新华书店出版；后经作者修订，于 1954 年 1 月改由我社出版；现据修订本重排印行。

人民文学出版社编辑部

1958 年 12 月